도　　쿄
우 에 노
스테이션

도　쿄
우 에 노
스테이션

유미리 장편소설
강방화 옮김

소미미디어
Somy Media

차례

도쿄 우에노 스테이션

또다시 그 소리가 들린다.

그 소리—.

나는 듣고 있다.

하지만 느끼고 있는 건지 생각하고 있는 건지 모르겠다.

안쪽에 있는지 바깥쪽에 있는지도 모르겠다.

언제인지, 언제였는지, 누구인지, 누구였는지도 모르겠다.

그것이 중요할까?

중요했던가?

누구, 인지가—?

인생이란 첫 페이지를 넘기면 다음 페이지가 나오고, 그렇게 차례로 넘기다 보면 어느새 마지막 페이지에 다다르는 한 권의 책 같은 것이라고 생각했는데, 인생은 책 속의 이야기하고는 전혀 달랐다. 글자들이 늘어서 있고 쪽수가 매겨져 있어도 일관된 줄거리가 없다. 끝이 있는데도 끝나지 않는다.

남는다―.

낡은 집을 허문 공터에 남은 나무처럼……

시든 꽃을 거두고 빈 꽃 병에 남은 물처럼……

남았다.

여기에 무엇이 남았을까?

피곤을 느끼긴 한다.

언제나 피곤했다.

피곤하지 않을 때가 없었다.

인생에 쫓기며 살 때도, 인생에서 도망치며 살게 되었을 때도―.

살겠다고 살았다기보다는 그냥 살았던 것 같다.

하지만, 끝났다.

천천히, 늘 그랬듯이 둘러본다.

똑같지는 않지만 비슷한 풍경—.

이 단조로운 풍경 속 어딘가에 아픔이 존재한다.

이 비슷비슷한 시간 속에 아픈 순간이 존재한다.

둘러본다.

수많은 사람들.

한 사람 한 사람, 다른 사람들.

모두가 서로 다른 머리, 다른 얼굴, 다른 몸, 다른 마음을 가지고 있다.

그것은 안다.

하지만 멀찍이 떨어져서 보면 모두 똑같거나 마냥 비슷해 보인다.

그 얼굴들은 작은 물구덩이로 보일 뿐이다.

우에노역 승강장에 처음 내려섰을 때의 내 모습을, 야마노테선 내선순환을 기다리는 사람들 사이에서 찾아본다.

거울이나 유리에 비치거나 사진 속에 찍힌 내 모습을 보고 외모가 특출나다고 생각한 적은 없었다. 특별히 못생기지도 않았으나 누군가에게 뜨거운 시선을 받는 외모였던 적도 없었다.

외모보다도, 말주변도 없거니와 능력도 없는 것이 괴로웠고, 무엇보다 나의 불운을 견디기 힘들었다.

운이 없었다.

또다시 그 소리가 들린다. 그 소리만이 피가 통하며 살아 있는 것처럼—, 선명한 빛깔로 물든 물줄기 같은 소리—. 그때는 그 소리 외에 아무것도 들리지 않았고, 그 소리가 두개골 안쪽을 빙빙 돌더니, 머릿속에 있는 벌집에서 수백 마리의 벌들이 일제히 바깥으로 튀어 나가려는 것처럼 시끄럽고 뜨겁고 아파와서 아무 생각도 할 수 없게 되었고, 비라도 맞은 듯이 눈두덩이 움찔거리며 주먹을 쥐고, 온몸의 근육을 수축시키고—.

갈기갈기 찢어졌지만 소리는 죽지 않았다.

잡아서 가둬놓을 수도 없고 멀리 떼어낼 수도 없는 그 소리—.

귀를 막을 수도, 떠날 수도 없다.

그때부터 줄곧 그 소리의 곁에 있다.

있다—?

"잠시 후 2번 승강장에 이케부쿠로·신주쿠 방면 열차가 들어옵니다. 위험하오니 노란 선 안쪽으로 물러나주십시오."

빠앙, 덜컹덜컹, 덜커덩덜커덩, 달카당, 달카당, 달캉, 달,
캉, 달, 캉, 달……캉, 위잉, 따르르르르, 뿌쉬익, 끼익, 끼익,
끼, 익, 끼……익, 덜컥…… 쉬익, 띠리리리리리, 덜컥…….

*

JR 우에노역 공원 출구 개찰구를 나와 횡단보도 건너편
은행나무를 둘러싼 돌담에는 늘상 노숙자들이 앉아 있다.

그곳에 앉아 있을 적에는 부모를 일찍이 여읜 외아들 같
은 심정이었지만, 후쿠시마현 소마군 야사와마을을 떠나본
적이 없는 내 부모는 둘 다 아흔이 넘게 살아 천수를 누렸
고, 1933년에 내가 태어난 이후로는 대략 2년 간격으로 맏
딸인 하루코, 둘째 딸 후키코, 둘째 아들 히데오, 셋째 딸 나
오코, 넷째 딸 미치코, 셋째 아들 가쓰오, 넷째 아들 마사오,
이렇게 동생 일곱 명이 줄줄 태어났고 막냇동생인 마사오는
열네 살 어렸으니 남동생이라기보다는 거의 아들뻘이었다.

그러나 시간이 지났다.

이곳에, 혼자 앉아 있었다. 나이를 먹고—.

피곤해서 잠시 얕은 쪽잠을 청하다가 내 코골이 소리에
중간중간 잠이 깰 때면 은행나무 잎들이 그리는 그물 같은

그림자가 흔들려 정처 없이 방황하고 있는 기분이 들었다. 이곳에 있는데, 이 공원에 온 지 몇 년이나 되었는데도ㅡ.

"그만하자."

잠든 것처럼 보였던 남자 입에서 또렷한 목소리가 튀어나왔고 입과 콧구멍에서 하얀 연기가 천천히 피어올랐다. 오른손 중지와 검지 사이에 낀 담뱃불은 곧 손가락을 태울 기세다. 찌든 때와 땀 때문에 원래의 색깔을 알아보지 못할 정도로 바래긴 했지만 모직 헌팅캡에 격자무늬 재킷, 갈색 가죽 부츠를 신은 스타일은 외국의 사냥꾼을 연상케 한다.

야마시타거리에서 우구이스다니 방향으로 달리는 자동차들ㅡ, 신호가 바뀌고 시청각장애인용 신호기의 유도음이 삐용, 삐용·삐용 하고 울리기 시작하자 우에노역 공원 출구 개찰구에서 나온 사람들이 횡단보도를 건너온다.

남자는 몸을 앞쪽으로 기울인 채, 말쑥한 옷차림으로 횡단보도를 건너오는 집 가진 사람들을 바라본다. 시선이 멈출 데를 찾듯이ㅡ. 그러다 마치 그럴 힘밖에 남지 않은 것처럼, 흰색이 더 많은 수염 덥수룩한 입가까지 떨리는 손을 가져가 담배를 피우고는 긴 한숨을 쉬면서 생각을 끊어내고, 늙은 손가락을 펴서 담배를 떨어뜨린 다음 빛바랜 부츠 끝으로 비벼 껐다.

다리 사이에 주워 모은 깡통을 담은 90리터짜리 반투명 쓰레기봉투를 두고 투명한 비닐우산을 지팡이마냥 껴안고 자는 다른 남자⋯⋯.

고무줄로 흰머리를 틀어 올려 묶은 여자는 옆에 둔 연지색 배낭 위에 올린 양팔을 베개 삼아 엎드려 자고 있다.

면면은 바뀌었고, 사람도 줄어들었다.

거품 경제 붕괴 이후 공원의 노숙자는 갈수록 늘어났고, 산책로와 시설이 있는 곳을 제외한 곳곳에 방수포로 만든 천막집을 지어 흙바닥과 잔디밭이 모두 가려질 정도였는데—.

황실 사람들이 공원 안에 있는 박물관이나 미술관을 관람하러 오기 전에는 '특별 청소'라는 명목으로 강제 퇴거가 벌어졌다. 그럴 때마다 텐트를 치우고 공원 밖으로 쫓겨나야 했고 해가 지고 나서 제자리로 돌아가면 "잔디밭 보호를 위해 출입금지"라는 간판이 세워져 천막집을 세울 수 있는 곳은 점점 좁아졌다.

우에노온시恩賜공원에 사는 노숙자는 도호쿠 출신이 많다.

북쪽 지방에서 상경하는 사람들—, 경제 고도성장기에 도키와선이나 도호쿠본선의 야간열차를 타고 돈을 벌기 위해,

혹은 집단 취직으로 도호쿠 지방에서 상경한 젊은이들이 맨 처음으로 내려서는 곳이 우에노역이었고 명절에 귀향하기 위해 최대한 많은 짐을 짊어지고 기차에 올라탄 곳도 우에 노역이었다.

50년이라는 세월이 흐르는 사이 부모 형제가 죽고 돌아 갈 집이 없어져 이 공원에서 하루하루를 보내고 있는 노숙 자들……

은행나무를 둘러싼 콘크리트 돌담에 앉아 있는 노숙자들 은 자든지 먹든지 둘 중 하나다.

남색 야구모자를 깊이 눌러쓰고 국방색 셔츠에 검은색 바 지, 무릎 위에 편의점 도시락을 놓고 먹는 남자…….

먹을 것이 궁하지는 않았다.

우에노에는 대대로 내려오는 레스토랑이 많다. 가게를 닫 은 후에 암묵적으로 뒷문을 잠그지 않는 가게가 많았다. 가 게 사람들은 음식물 쓰레기와는 다른 선반에 팔다 남은 반 찬을 깨끗한 봉지에 담아서 두었다. 편의점에서도 가게 뒤 편에 있는 쓰레기 수거장에 유통기한이 지난 도시락이나 샌 드위치, 빵류를 모아두었고, 쓰레기차가 회수하러 오기 전 에 가서 얼마든지 가져가도 되었다. 날이 따뜻할 때는 그날 중에 먹어야 하지만, 추운 계절엔 며칠 동안 천막집에 두었다가 데워 먹어도 괜찮았다.

　매주 수요일과 일요일 밤은 도쿄문화회관에서 카레라이스를 나눠 주었고, 금요일에는 땅끝예루살렘교회, 토요일에는 사랑의선교회에서 나온 사람들이 밥을 지어 배식해주었다. 선교회는 마더 테레사, 예루살렘교회는 한국 계열이었다. "회개하라, 천국이 가까이 왔다"라고 쓰인 깃발, 기타를 치며 찬송가를 부르는 긴 머리의 젊은 여자, 국자로 커다란 냄비를 휘젓는 빠글빠글한 파마 머리 아줌마—, 멀리 신주쿠, 이케부쿠로, 아사쿠사에서 온 노숙자들도 있어서 많을 때는 5백여 명에 이르는 사람들이 장사진을 이루었다. 찬송가와 설교가 끝나면 배식이 시작된다. 김치볶음, 햄과 치즈, 소시지가 들어간 덮밥, 낫토밥, 볶음면, 식빵과 커피…… 주님을 찬양하라, 주님을 찬양하라, 주의 이름을 찬양하라, 할렐루야 할렐루야…….

　"먹고 싶어요."
　"진짜?"
　"안 먹고 싶어요."
　"그럼 엄마가 먹어버린다!"
　"엄마가? 히잉."

벚꽃 잎 같은 연분홍색의 반소매 원피스를 입은 다섯 살쯤 되어 보이는 여자아이가 고개를 비스듬히 들고, 몸에 달라붙는 호피 무늬 원피스를 입은 술집 여자로 보이는 어머니를 올려다보면서 걷는다.

또각또각 힐 소리를 울리면서 남색 수트를 입은 젊은 여자가 모녀를 앞질러 간다.

갑작스레 굵은 빗방울이 한창 무성한 벚나무 잎이란 잎을 죄다 떨어뜨리고 타일을 본뜬 하얀 포장도로에 검은 흔적을 남겨간다. 사람들이 가방에서 접이식 우산을 꺼내 펼친다. 빨간색, 까만색, 분홍색 물방울무늬, 흰 테두리가 있는 남색—.

비가 와도 오가는 사람들은 끊이지 않는다.

나란히 지나가는 두 개의 우산 속에서 엇비슷한 검은 슬랙스에 헐렁한 셔츠를 입은 늙은 여자들이 이야기를 나누며 걸어간다.

"아침부터 계속 22도 정도네."

"그러게."

"이게 추운 건가 선선한 건가, 얼어 죽을 것 같아."

"이 정도면 선선한 거지."

"우리 아들 류지 말이야, 장모 요리 솜씨가 그렇게 좋대."

"뭐야, 기분 상했겠다."

"장모한테 요리를 배우래."

"비도 지긋지긋하다."

"장마인데 어쩔 수 없지. 앞으로 한 달은 각오해야 해."

"지금 수국은 있어?"

"없어."

"졸참나무는?"

"지금은 철이 아니지."

"여기가 건물들이 좀 바뀌었나 봐. 스타벅스가 언제 생겼대?"

"많이 세련돼졌네."

벚꽃이 늘어서 있다―.

해마다 4월 10일 전후엔 벚꽃을 구경하는 사람들로 북적인다.

벚꽃이 피어 있는 동안에는 식량을 찾아다닐 필요가 없다.

구경꾼들이 남기고 간 음식을 먹고 마시면 되고 바닥에 깔았던 비닐 돗자리로 1년 사이 구겨지고 비도 새게 된 천막집의 지붕과 벽을 새 단장 할 수 있다.

오늘은 월요일, 동물원은 휴원이다―.

우에노동물원에 딸과 아들을 데리고 온 적은 없다.

돈을 벌러 도쿄에 온 것은 1963년 말, 요코가 5살, 고이치
는 아직 3살 때였다. 우에노동물원에 판다가 온 것은 그로
부터 9년 뒤로 둘 다 이미 중학생이어서 동물원에 가고 싶
어 하는 나이는 지났었다.

동물원뿐 아니라 놀이공원, 해수욕, 등산에 데려간 적도
없고, 입학식이나 졸업식, 학부모 공개수업, 체육대회에도
가본 적이 없다. 단 한 번도―.

부모님과 동생들, 아내와 아이들이 기다리는 후쿠시마 야
사와마을에는 한 해에 두 번, 명절 때에만 귀향할 수 있었다.

딱 한 번, 오봉⁺ 연휴 며칠 전 귀향할 수 있던 해에 마침
동네 축제 같은 것이 있어서 아이들을 데리고 하라마치에
놀러 갔다.

가시마역에서 도키와선을 타고 한 정거장―. 한여름이었
고, 더웠고, 몹시 졸렸다. 쏟아지는 졸음에 몸과 마음이 흔
들렸고 아이들이 떠드는 소리도, 건성으로 대답하는 내 목
소리도 안개처럼 아련하게 들렸는데, 열차는 하늘과 산과

⁺ お盆. 우란분재. 양력 8월 15일을 중심으로 치러지는 조상에 대한 제례 행
 사. 모두의 건강과 행복을 기원하는 의미도 있다.

논밖에 없는 풍경을 뚫고 터널을 지나 속도를 높였다. 파란색과 초록색만 남은 유리창에 손바닥 네 개를 도마뱀처럼 펼친 채 이마와 입술까지 붙이고 구경하던 아이들의 시큼하고 달달한 땀 냄새를 코로 한가득 들이마시며 아주 잠깐, 몇 분 동안 졸았다.

하라노마치역에서 내리자 개찰구에 있던 역무원이 얼마를 내면 히바리가하라에서 헬리콥터를 태워준다는 이야기를 하길래 오른손에 요코, 왼손에 고이치, 그렇게 두 아이의 손을 잡고 하마카이도*를 걸어갔다.

고이치는 집에 돌아오는 일이 거의 없는 아버지를 잘 따르지 않았고 응석을 부리거나 조르는 일도 없었는데 그날따라 내 손을 꼭 잡고 이렇게 말했다. "아빠, 타고 싶어." 선명하게 기억이 난다. 쉽게 입 밖으로 내지 못하고 주눅 들어 몇 번씩이나 입을 열었다가 다문 끝에 화난 것처럼 빨개진 고이치의 얼굴—. 하지만 돈이 없었다. 당시에 3천 엔 정도였으니 지금이면 3만 엔도 더 된다…… 큰돈이었다…….

대신 마쓰나가우유에서 나온 당시 15엔이었던 '아이스만주'를 사주었더니 요코는 금방 기분을 풀었지만 고이치는

♦ 浜街道. 해안가에 정비된 큰길. 여기서는 도쿄도에서 미야기현까지 이어지는 리쿠젠하마카이도를 말한다.

등을 돌리고 울기 시작했다. 어깨를 들썩이고 흐느끼면서, 부잣집 남자아이를 태우고 날아가는 헬리콥터를 올려다보고는 주먹으로 눈물을 훔쳤다.

그날, 하늘은 한 장의 파란 천처럼 맑았다. 태워주고 싶었는데 돈이 없어서 그러지 못했다—. 후회가 남았다. 그 후회는 10년 뒤 그날, 화살이 되어 내 마음을 뚫고, 지금도 꽂힌 채 빠지지가 않는다—.

칼자국처럼 새빨간 '우에노동물원 ZOO'라는 글씨도, '어린이 놀이공원'이라는 간판과 울타리 위에서 양팔을 벌리고 있는 빨간색, 파란색, 노란색 옷을 입은 난쟁이들의 손가락도 움직이지 않는다.

그래도 나는 한 줄기 갈대처럼 떨며 가능한 한 말을 하려고 하지만, 어떻게 해야 할지 모른 채 출구를 찾는데, 출구야말로 내가 보고 싶은 것인데, 어둠도 내리지 않고 빛도 비치지 않는다…… 끝났는데, 끝이 나지 않는다…… 끝없는 불안…… 슬픔…… 외로움…….

바람이 나무들 사이를 쏴아 지나가고 바스락거리는 나뭇잎 소리와 함께 물방울이 떨어졌지만 비는 이미 그친 모양이다.

흰색으로 '판다빵'이라고 쓰인 색 바랜 차양, 빨간색과 흰색 줄무늬의 조그만 등롱이 흔들리고 있는 사쿠라기테이 가게 앞에는 접이식 사다리가 놓여 있고 빨간 앞치마를 걸친 여자가 빗자루로 청소를 하고 있다.

가게 앞 나무 의자에는 늙은 여자 둘이 앉아 있다. "네가 볼까 해서 사진 갖고 왔어. 볼래?" 오른편에 앉은 흰 카디건을 걸친 여자가 노란 천 가방에서 작은 앨범을 꺼내며 말했다. 안에는 서른 명 안팎의 늙은 남녀가 세 줄로 나란히 서서 찍은 단체 사진이 있었다.

흰 카디건을 입은 여자보다 머리 하나만큼 더 큰, 검은 카디건을 입고 왼편에 앉은 여자가 어깨에 멘 가죽 가방에서 돋보기를 꺼내, 집게손가락을 사진 위로 가져가 늘어난 용수철 같은 동그라미를 그리기 시작했다.

"이건 저어기, 야마자키 선생님 사모님이지? 선생님도 나오셨구나."

"늘 부부 동반으로 오셔. 워낙 금슬이 좋으시니까."

"이분은 학생회장 했던……."

"시미즈."

"얘는 그, 도모인가?"

"웃는 얼굴이 옛날하고 똑같지?"

"이게 너니? 야, 여배우 같다."

"아이고 무슨 소리!"

두 늙은 여자가 꼭 붙어서 하나가 된 그림자 속에서 비둘기 한 마리가 무언가 찾듯이 어슬렁거리고 있다.

두 사람의 머리 위에서는 까마귀 두 마리가 서로 경고하듯 날카로운 소리로 울어대고 있다.

"여기 다케우치 옆에 있는 건 야마모토지? 골동품 가게 하는……. 얘는 소노다 요시코네……."

"그건 유미야."

"아, 유미구나. 유코 장례식에서 만났었지."

"몇 십 년 만에 봤는데 서로 바로 알아봤어."

"이게 사무를 보던, 그……."

"맞아, 이야마."

"그래, 이야마."

"그 옆에 있는 게……."

"아, 걔 아냐? 히로미."

"맞다 맞다, 히로미."

"얘는 뭇짱."

"뭇짱은 왜 이리 나이를 안 먹지."

"이건 시노하라."

"늘 기모노를 입지."

"예뻐."

"후미짱, 다케짱, 지이짱, 이쪽은 구라타. 얘만 다른 반이 었지."

"어? 그런 거야?"

"구라타는 가와사키에 산다는데 집 근처를 배회하는 노 인이 있어서 골치가 아프대. 에치고유자와에 있는 숙소에서 다들 자고 있는데 얘만 깨어 있었어. 차를 마시면서 얘기를 하는데, 다들 잠자리에 들었는데 말이야, 얘기가 끝이 없더 라니까……."

"난처했겠다."

"그러게 말이야. 집 근처에서 누구 남편이 배회하다가 자 기 집 마당에 서 있었다라나 뭐라나."

"참 골치 아프겠다. 이웃집이면 경찰에 신고하지도 못할 텐데."

사진을 들고 다닌 적은 없었다. 하지만 언제나, 지나간 사 람, 지나간 곳, 지나간 시간은 눈앞에 존재했다. 항상 미래 로 뒷걸음질 치면서 과거만을 바라보고 살아왔다.

그것은 그리움이나 향수와 같은 달콤한 것이 아니다. 현재는 언제나 견디기 힘들고 미래는 두려웠기에, 정신을 차리고 보면 나는, 한번 지나가버리면 늘 그곳에 있는 과거의 시간에 젖어 있었는데, 시간은 끝나버렸는지, 일시 정지 상태인지, 언젠가 되감아서 다시 시작할 수 있는지, 영원히 시간에서 내쫓겨버렸는지, 모르겠다…… 모르겠다…… 모르겠다…….

가족이 함께 살았을 때는 사진을 찍은 적이 없었다.

철이 들었을 무렵 이미 전쟁*이 터졌었고 식량난으로 늘 배가 고팠다.

7, 8년 늦게 태어난 덕분에 전쟁터에 가지 않아도 되었다.

같은 부락에는 열일곱 나이에 자원해서 군대에 간 이도 있었고 징병검사에 떨어지기 위해 간장 한 통을 마시거나 눈 혹은 귀가 신통찮은 척하고 징병을 면한 이도 있었다.

종전을 맞이했을 때는 열두 살이었다.

전쟁에 져서 슬프거나 비참한 느낌보다 먹고살고 먹이고 살리는 일을 생각해야 했다. 아이 하나 키우기도 힘든데 동생들이 줄줄이 일곱이나 있었다. 당시 하마도리에는 도쿄전력의 원자력발전소라든가 도호쿠전력의 화력발전소 같은

◆ 제2차 세계 대전을 말함.

건 없었고 히타치전자와 델몬트 공장도 없었다. 규모가 큰 농가는 농사만으로 먹고살 수 있었지만, 우리 집 논은 아주 작았기에 나는 초등학교를 졸업하자마자 이와키에 있는 오나하마항에서 더부살이하며 일했다.

더부살이라 해봤자 기숙사나 숙소가 있는 게 아니라 대형 어선에서 기거하는 생활이었다.

4월에서 9월까지는 가다랑어, 9월에서 11월까지는 꽁치―, 고등어, 정어리, 참치, 가자미도 잡혔다.

배 위에서는 거의 이와 함께 살다시피 했다. 옷을 갈아입을 때마다 이가 떨어졌고 솔기에도 다닥다닥 붙어 있었다. 날이 조금 풀리면 등에서 스멀스멀 움직이는 게 느껴져 너무 힘들었다.

오나하마에서의 타향살이는 2년 만에 그만두었다.

아버지가 기타미기타 바닷가에서 함박조개를 캐기 시작해서 도와드리게 되었다.

작은 나무배를 타고 바다로 나가 바지락을 잡을 때 쓰는 쇠써레를 바닷속에 가라앉힌 다음, 와이어도 없는 시절이어서 밧줄을 이용해 손으로 당기고는 발로 누르기를 반복하면서 매일매일 아버지와 함박조개를 잡았다.

우리 부락 사람들에다가 다른 부락 사람들까지 합류해서

끊임없이 캤기 때문에 함박조개가 번식할 틈이 없어 조개는 4, 5년 만에 바닥나버렸다.

맏아들인 고이치가 태어난 해, 야사와마을에서 홋카이도로 돈 벌러 간 작은아버지를 따라 홋카이도 기리탓푸 옆 하마나카라는 어촌에 가서 다시마를 수확하는 일을 하기로 했다.

오월 연휴에 모내기를 한 뒤 노마오이[*] 전에는 거름을 주고 김매기를 마친다—. 소마에서는 밭일이든 집수리든 빚갚기든 모두 '노마오이 전까지' 끝내야 한다. '노마오이 청산'이라는 말이 있을 정도로 이 행사를 한 해의 마무리 시점으로 삼는다.

노마오이는 7월 23, 24, 25일 사흘간 치러진다.

첫날은 전야제다. 소마 우다고의 나카무라신사에서 총대장이 출진하고 가시마의 기타고 본진에서 총대장을 맞이한다. 우다고와 기타고의 기마무사들이 일제히 출진하고 오타신사에서는 하라마치와 나카노고의 기마무사들이, 오다카신사에서는 오다카고의 기마무사들이, 나미에와 후타바, 오쿠마의 시네하고에서도 기마무사들이 출진한다.

[*] 野馬追. 후쿠시마의 소마 노마오이는 1978년 국가중요무형민속문화재로 지정된 축제이다.

둘째 날이 본격적인 축제 날이다. 소라고둥과 북소리를 출진 신호로 기마 5백 기가 일제히 진군해서 히바리가하라에서 갑옷 경마와 신기神旗 쟁탈전을 벌인다.

셋째 날은 노마카케 행사가 있다. 오다카신사에서 하급무사인 오코비토가 흰 머리띠에 흰옷 차림을 하고 날뛰는 말을 맨손으로 잡아 신에게 바친다.

말을 빌리고 갑옷을 준비하는 데 수백만 엔이 든다니 가난한 사람들에게는 상관이 없는 축제였으나 대여섯 살 때쯤 아버지와 함께 가시마의 부대장 집에 가서 아버지의 목마를 타고 출진식을 구경한 적이 있다.

"출진은 12시 반이다."

"12시 반, 잘 알겠습니다. 즉시 돌아가 전령을 전하겠습니다. 이상."

"수고가 많다. 기타고의 무사를 만나거든 술잔을 받아 오도록."

"네, 술잔을 받아 오겠습니다. 그리고 오타고 본진에서 기마가 범한 무례를 부디 용서해주십시오. 그럼 이만 귀진하겠습니다."

"수고했다. 조심해서 돌아가라."

"소마 나가레산이구나 그렇구나 얼쑤

배우고 싶으면 오시구려 얼씨구

오월 둘째 신일이구나 그렇구나 얼쑤

그것이 노마오이구나 얼씨구"◆

무사들이 각각의 말에 올라타고 푸른 논두렁을 달려간
다―. 바람에 나부끼는 깃발이 하나하나 다른 게 재미있어
서 나는 깃발을 가리키며 "아! 저건 지네다!" "뱀이 휘감고
있어요!" "저건 말이 물구나무를 섰어요!" 하고 아버지 머리
위에서 소리를 질렀다.

훗카이도까지는 꼬박 이틀 걸렸다. 가시마에서 도키와선
을 타고 센다이까지 간 다음에 센다이에서 도호쿠본선을 타
고 아오모리까지, 다시 세이칸연락선을 타고 하코다테에 도
착했을 때는 아침이 밝아 있었다.

하코다테에서 하코다테본선을 타고 도카치산맥과 가리
카치고개를 넘어야 하는데 기관차 두 대로 끌어도 경사가
급해 좀처럼 앞으로 나아가지 않았고, 그 속도는 열차에서

◆ 노마오이 때 부르는 민요 「소마 나가레산」 첫 부분.

내려 오줌을 누고 와도 따라잡을 수 있을 정도였다.

　남미 칠레에서 규모 9.5, 진도 6의 대지진이 일어난 해였다. 기리탓푸에서도 쓰나미로 목숨을 잃은 사람이 열한 명 있었다고 한다. 전봇대 위에 담요 같은 것이 엉켜 있는 걸 보고 놀란 내가 한발 앞서 입주했던 작은아버지에게 "설마 저런 데까지 쓰나미가 온 거예요?"라고 묻자, "맞아, 6미터나 됐다 하대. 기리탓푸는 1952년에 일어난 도카치오키지진 때에도 큰 쓰나미가 왔는데 그 때문에 홋카이도 본토에서 떨어져 나가 지금 같은 섬이 됐다 안 하나. 원래는 육지와 이어져 있던 데다 다리를 놨는데, 이번 쓰나미로 그 다리도 떠내려갔단다"라고 했다. 우리는 몸이 바짝 굳어진 채로 바다 앞에 섰다.

　바다는 온통 다시마로 가득했다. 길면 15미터 정도 되니 장대 끝에 매단 잡목에 걸어 배까지 끌고 와서 손으로 뽑았다. 해변으로 돌아가면 다시마를 마차로 인양하고 한 줄기씩 모래밭에 널었다. 모래밭이 다시마로 까맣게 덮일 때까지 널고 또 널고―.

　그 작업을 두 달 동안 하다가 시월 초에 벼를 베러 집에 가는 생활을 3년쯤 했다.

　허리를 다쳐 농사도 제대로 짓지 못하게 된 아버지와 나는, 가쓰오와 마사오가 진학을 희망하고 있다는 것, 요코와 고이치한테도 앞으로 돈이 더 들어갈 거라는 이야기를 나누었고, 나는 돈을 벌기 위해 도쿄에 가기로 결심했다.

도쿄올림픽이 열리기 1년 전, 1963년 12월 27일, 연말이 다가오는 추운 아침이었다. 아직 어두컴컴한 시간에 집을 나와 가시마역으로 가서 5시 33분 도키와선 첫차를 탔다. 우에노역에는 정오가 지났을 무렵에 도착했다. 셀 수 없을 정도로 많은 터널을 지난 탓에 얼굴은 증기기관차의 매연으로 새까맣게 그을려 있었고 그것이 부끄러워 승강장을 걸어가면서 열차 창문에 몇 번이나 얼굴을 비추며 모자의 챙을 올렸다 내렸다 한 기억이 있다.

세타가야 다이시도에 있는 다니가와체육주식회사의 기숙사로 들어갔다. 조립식 건물로 세 평 정도 되는 1인실이 주어졌고 화장실과 욕실은 공동으로 썼다. 아침저녁은 음식을 할 줄 아는 동료가 밥과 미소된장국과 간단한 반찬을 만들어주었다. 중노동이었기에 밥을 사발로 두 그릇은 먹어야 힘을 쓸 수 있었다.

도시락통 같은 편리한 것은 없었고 있다고 해도 살 돈이 없었기에 아침을 먹은 사발에 밥을 채워서 그릇으로 덮고 보자기로 꽉 묶은 것을 들고 전철로 공사판을 나갔다. 한 시간 주어지는 쉬는 시간이 되면 현장 근처의 상가에서 고로 케나 민스 커틀릿 같은 것을 사서 밥과 함께 먹었다.

우리가 하는 일은 도쿄올림픽 때 쓸 육상 경기장이나 야구장, 테니스 경기장, 배구장 등 체육 시설의 토목공사였다. 토목이라 해도 불도저나 삽차 같은 중장비는 본 적도 없었고 시골에서 올라온 노동자들은 애초에 그런 걸 다룰 줄 몰랐기 때문에 곡괭이나 삽으로 땅을 파서 손수레로 나르는 식으로 모두 인력으로 진행했다. 노동자는 도호쿠의 농가 출신이 많았다. 모두 "막일은 밭일이나 한가지라" 하고 웃었다. 5시에 일이 끝나면 같이 술을 마시러 가는 사람이 많았지만 나는 다행인지 불행인지 술을 못했다. 그래도 몇 번은 누가 술 사준다는 걸 도저히 거절하지 못해 같이 가긴 했으나 아무리 마시려고 해도 맥주 한 잔이 한계였으므로 차츰 말을 거는 이도 없어졌다.

일당 천 엔. 고향에서 같은 시간 일해서 받는 돈의 서너 배였다. 잔업은 25퍼센트 더 얹어주었으니 나는 매일 밤 자진해서 잔업을 했고 일요일과 빨간 날에도 일했다.

월급은 15일에 받았다. 매월 2만 엔 정도는 집에 보냈다. 당시 교원의 월급과 비슷했으니 지금으로 따지면 20만 엔 정도는 되었을 것이다.

"일이 너무 없다."

단풍나무 가지를 뚝 꺾는 노숙자가 입은 청 재킷이 눈에 익숙하다. 표백제를 흘렸는지 등에 있는 얼룩이 홋카이도 모양과 닮았으니 틀림없다. 저건 내가 입었던 청 재킷이다. 천이나 의류를 버리는 날에 큰길에 있는 쓰레기 수거장에서 주워 와 날이 쌀쌀한 초봄에 자주 입었던…… 천막집 천장에 매달아놓았는데 아마도 누군가가 가져갔을 것이다…… 내가 없는 사이에…….

"경기가 이리 안 풀리니 큰 데나 작은 데나 가봤자 돌아 보지도 않아."

새집 같은 흰머리에 낡아빠진 치마를 치렁치렁 겹쳐 입 은 늙은 여자는 하이라이트 담배에 불을 붙이고 연기를 빨 아들였다.

이 얼굴을 안다…… 늙은 얼굴에 어울리지 않는 매끈매끈 한 이마…… 안다…… 안녕, 하고 인사를 한 적도 있고…… 잠깐 이야기를 나눈 적도 있었을 것이다…….

"3, 40명 되는 데가 제일 안 좋아. 제일 어중간하고."

"얼마 전에 오다큐선을 탔는데 말이야."

"오다큐선 같은 고급진 데를 갔다고?"

"죽은 시계가 거기서 밥 먹었었잖아."

"시계? 죽었어?"

"죽어버렸어. 천막집에서 싸늘한 주검이 됐어."

"죽을 수도 있지. 나이 먹었잖아."

늙은 여자의 눈이 갑자기 어둡게 가라앉아서 위로해주고 싶었으나 어깨를 두드려줄 수도, 조의를 전해줄 수도 없었다.

시계라면 아는 사람이다. 그는 박식한 사람이었다. 언제나 주운 신문과 잡지를 읽고 있었다. 아마도 머리 쓰는 일을 했던 게 분명하다.

언젠가 누가 시계의 천막집에 새끼 고양이를 던져 넣은 적이 있다. 빈 캔을 판 돈으로 동물병원에서 중성화 수술을 시키고 '에밀'이라는 이름을 붙여 애지중지했다. '강제 퇴거'가 있을 때는 리어카에 태우고 이동했고, 비 오는 날에는 비닐우산을 씌워줄 정도였다.

에도시대에 사람들에게 시간을 알리기 위해 만들어져서, 간에이지寬永寺의 스님이 아침저녁 6시와 정오에 세 번 치는 '시간의 종' 건너편 언덕에 대불의 얼굴을 안치한 불당이 있다고 알려준 것도 시계였다.

"대불 머리가 말이지요, 대지진으로 세 번, 화재로 한 번, 도합 네 번이나 떨어졌어요. 정말 딱하기 그지없지요. 처음에 떨어진 건 1647년이었는데 그대로 두는 게 안타깝다며 대불을 복원하는 불사를 진행하기 위해 에도 전체를 돌며 탁발한 스님이 있었다고 합니다. 하지만 불사에 동참하는 사람이 아무도 없다가, 어느 날 해 질 녘 절에 돌아가려는데 한 거지가 뒤를 따라왔답니다. 그 사람이 탁발에 동전을 한 닢 던져주었는데 그것을 계기로 너도나도 불사에 동참을 하게 되었고 마침내 6.6미터 크기의 대불이 만들어졌다는 이야기입니다. 그러나 그로부터 약 2백 년 뒤, 화재로 머리가 또 떨어져서 다시 복원했더니 10년 뒤에 생긴 안세이대지진 때 또다시 떨어지고 다시 복원하고—. 보신전쟁◆ 때는 무사했는데 1923년 간토대지진 때 완전히 무너졌다고 합니다."

늘 학교 선생님과 같은 말투로 이야기하는 특이한 사람이었는데 어쩌면 정말 선생님이었는지도 모른다.

그때 나는 시게에게 무선탑에 대해 이야기했다. 하마도리에서는 하라마치라면 무선탑이라고 할 정도로 유명했고 1982년에 해체될 때까지는 하라마치의 상징이었다. 1921년에 완성된 무선탑은 2년 후 간토대지진 때 다음과 같이 전보를 쳤다. "오늘 정오 요코하마에서 대지진에 이어 대화재가 일어나 요코하마시 전체가 무서운 불길에 휩싸였다. 사

◆ 戊辰の役, 1868년 신정부군과 구막부군 사이에 벌어진 내전.

상자는 셀 수 없으며 모든 교통, 통신, 기관이 전멸했다." 이 내용이 전 세계에 보도되었다고—.

그 말을 듣고 시게가 말했다.

"당시 시노바즈연못의 물이 도움이 되었다고 하지요. 간토대지진 때 우에노공원은 불에 타지 않았습니다. 공원 주변은 불을 피하지 못하고 공원 정면에 있던 마쓰자카야백화점은 다 타버렸어요. 화재 피난민들이 고향에 돌아가려고 가재도구 일체를 짐수레에 싣고 몰려왔답니다. 우에노 주변뿐 아니라 니혼바시, 교바시 방면에서도 밀려와서 우에노역 구내와 선로는 사람으로 꽉 차 열차를 움직일 수 없는 상태였다고 합니다. 실종된 사람이 많아서 사이고 다카모리* 동상 밑에는 사람을 찾는 전단이 즐비했습니다.

지금의 쇼와 천황은 군복 차림으로 피난민들로 넘쳐나던 우에노공원을 시찰하시고 여기가 재해 방지에 중요한 곳이라고 실감하셨습니다. 그리고 1924년 1월, 천황 폐하의 결혼 기념으로 도쿄에 하사하시면서 '우에노온시공원'이라는 이름이 지어졌지요."

시게는 그렇게 말한 뒤 잔디 위에 드러누워 눈을 감고 긴

♦ 西鄕隆盛, 에도시대·메이지시대의 군인, 정치가로 유신삼걸 중 한 명.

꼬리 끝만 꿈틀거리고 있는 호랑이 무늬 에밀을 사랑스러운 눈으로 바라보았다.

나는 쇼와 천황을 바로 눈앞에서 본 적이 있다고 말하지 않았다.

1947년 8월 5일 오후 3시 35분, 황족 특별열차가 하라노마치역에 정차하고 천황 폐하는 역 앞에 하차한 후 7분 동안 그곳에 머물렀다.

오나하마항에서 일하다가 귀향한 직후의 일이었다.

숨 막히게 새파란 하늘이었다. 유지매미 소리가 혼진산 전체를 흔들고 그 소리에 밀려 나오듯 참매미가 울어댔다. 태양을 녹인 듯한 이글거리는 햇볕이 일렁거리고 사람들의 흰 셔츠와 푸른 잎, 모든 것이 눈부셔 눈을 뜰 수가 없었지만, 나는 역 앞에 모인 2만 5천 명 중의 한 명으로서 모자도 쓰지 않고 꼼짝도 하지 않은 채 천황 폐하를 기다렸다.

특별열차에서 내린 양복 차림의 천황 폐하가 중절모자 챙에 손등을 대고 가볍게 절을 하신 순간, 누군가가 목청껏 "천황 폐하 만세!" 하고 외치며 양손을 번쩍 들자 일대에 만세의 파도가 일었다—.

"시계가 죽다니, 믿어지지가 않네."

"담뱃재가 왜 그렇게 안 떨어지지?"

"85년이나 피웠으니 요령이 있지."

"하! 그럼 애기 때부터 피웠던 거야?"

"시게, 죽어버렸어."

"시게랑 바람피웠나?"

"목매달고 죽어버려!"

"추레한 할미가 왜 그리 퉁명스럽게 굴어."

"야, 너! 확 심장 뽑아서 먹어버린다!"

"산야♦ 할미들보다 무섭네. 아이고 진드기!"

늙은 노숙자가 자기 정강이를 쳤다.

"멍청하긴. 그건 개미야."

늙은 여자는 발치에 시선을 떨어뜨리고 가죽 신발을 신은 오른발과 운동화를 신은 왼발을 바라보다 운동화의 끈이 풀린 걸 알아챘지만 몸을 구부려 다시 매려고 하지는 않았다.

"맵살스럽게 굴지 말고 앉아! 앉으라니까!"

"앉을 데가 있어야 앉지."

"알았으니까 앉아."

♦ 山谷, 일본 도쿄의 빈민촌, 한때 유곽이 있던 지역으로 일용직 노동자가 묵는 간이 숙소가 많다.

나무 둘레의 콘크리트 담에 앉은 남자는 주머니에서 종 잇조각을 꺼냈다.

"이거 5천 엔은 된다. 당첨되면 절반 주지."

여자는 남자 옆에 앉아서 마권에 찍힌 글씨를 중얼중얼 읽었다.

"트윙클, 제35회, 제왕상, 11레이스, 말 3연승 단식, 1, 12, 3, 5백 엔, 1, 오에라이진, 기무라 켄, 12, 미라클레전드, 우치다 히로유키, 3, 도센골리앗, 하시모토 나오야."

여자가 가죽 신발을 신은 오른발 가까이에 버린 담배꽁초에서는 아직 연기가 피어오르고 있다. 남자와 여자의 발치에서 개미들은 한 줄의 선이 되어 나무줄기를 위로 또 위로 기어오르고 있으나 개미집은 나무 위에 없다―. 병원이나 동사무소, 도서관 등의 우산꽂이에는 열쇠가 달려 있는데, 우에노온시공원의 나무에는 그 열쇠를 닮은 둥근 플라스틱 표식이 달려 있다. 이 나무는 '파랑 A620'―. 꺼칠한 나무껍질의 감촉을 떠올려본다. 개미가 피부 위를 기는 감각도―. 개미집은 나무 위에 없다. 개미들이 다시 나무에서 내려온다. 개미들은 줄지어 하얀 비둘기 똥이 점점이 떨어져있는 완만한 아스팔트 언덕을 내려가, 파란 비닐 천막으로 뒤덮은 천막집이 밀집된 한편으로 들어간다. 그곳은 나무가 그려진 철제 패널로 둘러싸였고 패널 윗부분 철망은 새하얀 구름이 인쇄된 파란 비닐 천막으로 가려져 있다.

천막집 속 라디오에서 국회 중계 소리가 새어 나온다.

"작년 3월의 사고 때문에 복잡한 심경으로 지켜보시는 국민 여러분들도 많으시겠지만, 물론 그 경험을 토대로 여론이 양분되는 문제에 대해서도 책임 있는 판단을 내리는 것이 정부의 역할이기 때문에 관련 설명을 수시로 드리고자 합니다."

"사이토 야스노리 의원."

"마련했다는 그 안전기준이, 안전 신화를 바탕으로 만든 안전기준이라는 거지요. 그런 상황에서 가동시킨다고 하니 국민 여러분이 모순과 분노를 느끼는 건 당연한 일 아닙니까? 이번 재가동은 아무리 봐도 잘못됐다는 분노의 목소리가 큽니다. 총리께서는 잘 생각하고 판단하시길 바랍니다……."

근처 어딘가에서 예초기 소리가 들린다.

베인 풀들의 파릇파릇한 냄새.

천막집 안에서 냄비로 라면을 끓이는 냄새.

참새 떼가 뭔가에 놀라 사방으로 흩어져 날아간다.

산수국이 피었다. 주변의 연보라색 꽃들이 가운데의 진보라색 꽃을 액자처럼 두르고 있다.

살아 있을 때는 그런 것들이 고독을 느끼게 했다.

소리와 풍경과 냄새 모두가 뒤섞이며 점점 흐려졌고, 점점 작아져서 손가락을 내밀면 모든 것이 사라져버릴 것 같지만 닿는 손가락이 없다. 닿을 수가 없다. 다섯 손가락에 다섯 손가락을 포갤 수도 없다.

존재하지 않으면 소멸할 수도 없다.

"내각총리대신."

"다양한 설문조사가 있을 겁니다. 여러 각도로 설문조사가 실시되고 있다는 것도 잘 알고 있습니다만, 기본적으로는 피해자 여러분을 위해 작년 9월에 발족한 우리 정권이 최우선으로, 또한 가장 중대한 과제로 내걸고 있는 것이 지진 후의 복구, 그리고 원전 사고의 해결, 일본 경제의 재생입니다. 앞으로도 피해자들 입장에서 생각한 정책을 강력히 추진해나가겠습니다."

갑작스러운 비가 천막집 비닐 천장을 적신다. 빗방울이

빗방울의 무게로 떨어진다. 생의 무게처럼, 시간의 무게처럼, 규칙적으로 떨어진다. 비가 내리는 밤에는 빗소리가 귓가에서 떨어지지 않아 잠들 수가 없었다. 불면 그리고 영면—, 죽음으로 인해 멀어지는 것과 삶으로 인해 멀어지는 것, 삶으로 인해 다가갈 수 있는 것과 죽음으로 인해 다가갈 수 있는 것. 비, 비, 비, 비—.

외아들이 죽은 날에도 비가 내리고 있었다.

*

"황태자비 전하께서 오늘 오후 4시 15분, 궁내청 병원에서 출산하셨습니다. 친왕께서 태어나셨습니다. 모자 모두 건강하십니다."

1960년 2월 23일, 라디오 아나운서가 쾌활한 목소리로 뉴스를 전했다.

얼마 후, 니주다리나 동궁 임시 거처 앞에 홍백의 등롱을 들고 모인 민중이 북을 치고 국가를 제창하고 만세 삼창을 하는 소리가 라디오에서 흘러나왔다.

밖에서도 자그마치 수십 발의 불꽃이 펑펑 터지는 소리

가 들렸다. 가시마마치동사무소 쪽에서도 불꽃 소리가 펑펑 울렸다―.

세쓰코가 해산할 기미를 보인 것은 전날 아침이었다.

2년 전에 태어난 요코 때와 달리 엄청난 난산으로 세쓰코는 꼬박 하루를 허덕였다. "이런 일도 있네. 당황하지 말고 기다리라. 해 지기 전에는 태어나것지." 어머니는 그렇게 말했지만 눈은 불안에 떨리고 있었다. 이틀째 밤이 되어도 세쓰코는 새빨갛게 상기된 얼굴로 이를 악물고 다리를 버둥거리고 있었다. 같은 부락에 있는 처가에 갔더니 가시마마치에 사는 곤노 토시라는 산파가 잘하니 찾아가보라고 했다.

집에 들러서 산파를 데려오겠다고 하자, 어머니는 입술을 악다물고 아버지는 어두운 표정이 되었다. 라디오에서는 방금 전과는 다른 아나운서가, 친왕과의 대면을 마치고 동궁 임시 거처로 돌아가신 황태자 전하를 만세와 함께 맞이한 민중의 목소리를 배경으로, 기쁨 가득한 목소리로 이렇게 전했다. "황태자님, 축하드립니다. 황태자비님, 축하드립니다. 황태자님을 직접 본 국민들은 몹시 기뻐하며 만세 소리에 한층 더 힘이 실리고 있습니다. 정말 축하드립니다." 어두워진 거실의 유리창에, 다른 가족들과 달리 혼자 망연자실하게 서 있는 내 모습이 흐릿하게 비쳤다. 산파에게 줄 돈이 없는 것은 알고 있었으나 돈을 마련할 시간도 없거니와 더는 빌릴 데도 없었다. 침을 삼켜도 또다시 침이 솟고 입안은 침으로 가득 차 라디오 소리가 멀어졌다. 다시 한번 침을 삼키자 이제 침묵조차 들리지 않았다.

아버지와 어머니가 시야에서 사라지고 나는 바깥을 달리고 있었다. 그러면서도 돈을 생각했다. 이 돈도 없냐, 이 돈도 없어, 그렇게 말하면서 쉬지 않고 달렸다.

고이치가 태어났을 때는 가난의 구렁텅이에 빠져 있었다. 아버지와 함께 기타미기타 바닷가에서 함박조개를 잡아 생계를 꾸리고 있었지만 어렵게 번 돈은 신용금고, 철물점, 쌀가게, 술집으로 금방 빠져나가 수중에는 얼마 남지 않았다.

어머니와 세쓰코는 식구들의 배를 채우기 위해 초봄에서 초가을까지 비 오는 날 외에는 매일 밭으로 나가 밭벼, 감자, 단호박, 푸성귀를 심고, 수확물을 들고 집에 왔다.

겨울이면 어머니와 세쓰코가 식구의 스웨터를 짠다. 싸구려 털실이어서 금방 구멍이 나는데 그걸 가지런히 풀어서 털실을 보태 다시 짠다. 막냇동생인 미치코가 양손에 푼 털실을 걸쳐놓고, 동그랗게 감는 어머니나 세쓰코의 손놀림에 맞춰 오른쪽 왼쪽 오른쪽 왼쪽 하고 털실을 내보내는 모습을 보는 것이 좋았다. 미치코가 "노래 좀 불러주세요" 하고 조르면 수줍음이 많고 말수가 적은 세쓰코는 가만히 있었지만 어머니는 이런 노래를 불렀다. "얼라 보기가~ 쉬이 보여도~ 쉽지가 않어라~." "엄마는 그런 노래를 어데서 배웠어요?" 미치코가 묻자 어머니는 옛날을 그리워하듯 대답했다. "술 가게에 더부살이하미서 아이를 볼 때 배왔지. 일고여덟 살 때." 나는 곧 노래 가사의 뜻이 이해되면서 돌이라도 삼킨 것처럼 가슴이 메어와, 눈가가 불타오르듯 뜨거워졌다.

빚쟁이들이 쉴 새 없이 찾아왔다.

아직 어렸던 가쓰오나 마사오에게 "아빠도 형도 집에 없어요"라고 거짓말을 시키는데 "거짓말하믄 가만 안 둔다. 어디 갔어? 언제 오는데?" 하고 매서운 소리가 돌아온다. 동생이 누런 콧물을 흘리며 "언제 올지 모르겠다고 했어요" 하고 대답하자 "그라믄 엄마는? 엄마 불러와라이" 하고 눈을 부라린다. 동생이 "엄마도 하라마치로 나가서 없어요" 하고 울기 시작하자 빚쟁이들이 "하는 수 없지. 다시 온다고 해라" 하고 투덜거리면서 돌아간다.

숨을 돌리면서도, 어린아이들에게 거짓말을 시키다니 가난보다 죄스러운 일이 없다는 생각이 들었다. 그 죄벌로 가난이 주어지고, 그 가난을 견디지 못해 또다시 죄를 짓는다. 가난에서 벗어날 수 없는 한 죽을 때까지 같은 일의 반복이다—.

빚쟁이와의 공방은 섣달그믐 날부터 15일까지, 16일간에 한해 휴전에 들어갔다. 섣달그믐 날엔 식구 열 명이 함께 가시마 읍내에 있는 쇼엔지勝緣寺 절을 참배하여 제야의 종을 차례로 치고, 새해에는 조금이나마 동생들에게 세뱃돈을 주고 명절놀이를 했다. 연날리기, 하고이타♦, 가루타♦♦, 후쿠와라이♦♦♦……

2월은 일 년 중 가장 힘든 시기였다.

고이치가 태어나기 열흘 전쯤에 세무서 직원들이 우르르 들이닥쳐 집 안 곳곳에 빨간 딱지를 붙이고 갔다. 그나마 냄비와 솥, 밥상 등은 제외되었으나 장롱, 라디오, 괘종시계 등에는 가차 없이 붙이고 다녔다.

"다 쓸모없는 것들이야. 가져가주믄야 오히려 속 시원하지." 아버지는 막소주를 들이켜고 입맛을 다시며 별거 아니란 듯 말했지만, 빨간 딱지에 둘러싸인 집에서 먹고 자는 생활은 비참했다.

♦ 羽子板, 깃털이 달린 공을 판자로 치는 놀이.
♦♦ 歌留多, 카드놀이의 일종.
♦♦♦ 福笑い, 얼굴 윤곽을 그린 종이에 눈을 가린 상태로 눈썹, 눈, 코, 귀, 입을 오린 종이쪽지를 얹어 완성된 얼굴의 익살스러움을 즐기는 놀이.

그날, 고이치가 태어난 날, 빨간 딱지가 붙은 가재도구가 남아 있었는지 가져간 뒤였는지는 기억이 나지 않는다.

　떠오르는 건 추웠다는 것, 밤길에 눈이 흩날렸던 것, 어둠 속에서 문패에 얼굴을 가까이 대고 곤노라는 성을 확인하고 나무 문을 두드린 것, 돈에 대해서는 서로 묻지 않았다는 것, 집에 오자 산파가 하얀 모자를 쓰고 하얀 앞치마를 두른 것, 세쓰코의 배에 검은 나팔형 청진기를 갖다 댄 것, 거실에서 라디오를 들으며 기다린 것, 응애응애 하는 첫 울음소리가 들리고 "사내아이예요, 축하드려요. 친왕 전하와 같은 날에 태어나다니 정말 경사스러운 일이네요" 하고 산파가 말한 것—.

　이불 앞에 구부리고 앉아 살펴보니 세쓰코가 몸 위에 아이를 안고 벌써 젖을 물리고 있었다.

　무슨 까닭인지 아이보다 먼저, 낫처럼 휘어진 세쓰코의 팔에 눈이 갔다. 밭일로 근육이 붙은 까맣게 탄 팔—.

　여태 표준어를 썼던 산파가 "아가 엄청시리 예쁘네"라고 내뱉자 세쓰코가 킬킬거리는 바람에 몸이 흔들렸다. 세쓰코는 "아파!" 하고 얼굴을 찌푸리고 아기에게서 손을 뗀 다음, 한겨울인데도 땀이 맺힌 이마에 손을 대고 다시 한번 웃었다.

　웃음으로 긴장이 풀리자 겨우 아기 얼굴을 찬찬히 볼 수 있었다.

분명 자식을 내려다보고 있는 아버지인데, 어머니를 올려다보는 아기가 된 기분이 들어 불현듯 울고 싶어졌다.

히로노미야 나루히토浩宮德仁 친왕과 같은 날에 태어나서 '浩'라는 한 글자를 따와 고이치浩一라고 이름 짓기로 했다.

"냄새나지 않아?"

"뭐, 현관에 뒀으니까."

"그래도 냄새가 날 텐데?"

"그렇긴 해. 그래도 냄새는 익숙해지니까. 매일 다른 냄새면 신경 쓰이겠지만 같은 냄새라 괜찮아."

허리에 페트병을 매단 30대 중반쯤의 여자가 토이푸들세 마리의 리드를 왼손으로 모아 잡고 걸어간다. 흰 개에는 빨간 줄, 회색 개에는 분홍색 줄, 갈색 개에는 파란 줄―. 그녀의 오른편을, 같은 또래지만 조금 더 덩치 있는 여자가 걷고 있다.

"세 마리나 있으면 밥값이 장난 아니지? 사료값 말이야."

"닭 가슴살이나 소고기 살코기랑 쌀을 같이 끓여서 주는

데, 채소가 부족해도 안 되니까 무나 당근을 넣기도 하고 상
추 같은 것도 듬뿍 넣어주지."

"사람보다 좋은 거 먹네."

"맞아. 나는 소소하게 쿠페빵 하나 먹는데."

"요새도 쿠페빵을 파나? 급식에서 나왔던 그 빵 맞지?"

"뒷골목에 가족이 하는 빵집 알지? 거기서 팔아."

또각또각 구두 소리가 울린다. 낙엽을 밟으면 바스락거리
는 소리도 더해진다. 귀로 소리나 목소리를 들을 수는 없다.
그래도 귀 기울이듯 듣는 것 같다. 눈으로 사람을 뒤쫓을 수
는 없다. 하지만 눈여겨보듯 보는 것 같다. 보고 들은 것을
입으로 말할 수는 없다. 하지만 말을 걸 수는 있다. 기억 속
의 사람에게라면 살아 있든 살아 있지 않든—.

"왜, 곧 나팔꽃 축제잖아."

"다다음주 금토일이지."

"고토토이거리가 붐빌 텐데."

"그야 뭐, 노점상이 백 개 넘게 나오잖나."

길거리에 작은 의자를 갖다 놓고 수채화 물감으로 나무

에 초록색을 칠하는 미대생 주변에 야구모자와 밀짚모자를 쓴 노인들이 모여 있다. 하나같이 짐 없이 빈손을 주머니에 쑤셔 넣거나 팔짱을 끼거나 뒷짐을 지고 있다.

아무도 우산을 쓰지 않았다. 아스팔트는 어느새 하얗게 말랐다.

오늘은 종일 비가 내리다 그치기를 반복하겠지…….

오늘…….

종일…….

그날은 비가 내렸다. 차가운 비를 피하듯 고개를 숙이고, 비에 젖은 신발 주위에 튀김 기름처럼 튀는 빗방울을 내려다보며, 비를 맞고, 어깨를 움직이며, 걸었다. 빗속을―.

"다들 나팔꽃 무늬 유카타를 입고 말이지."

"요즘 젊은이들은 그런 거 안 입겠지?"

"아니야, 많이 입어. 운치가 있잖아."

"매년 화분을 두 개 사는데 제대로 꽃 피우려면 꽤 손이 가. 나팔꽃은 남쪽 지방에서 난 꽃이라서 햇볕 잘 드는 데 뒀다가, 낮에 잎이 강아지 귀처럼 푹 처지면 떠둔 물이나 쌀뜨물을 주는 거야. 여름방학 동안에 꽃이 시들면 씨가 생기기 전에 따줘야 하고, 이듬해에 심을 씨는 9월 중순쯤 핀 꽃으로 따야 해."

길가에 자전거가 서 있다.

도쿄대공습 위령비인 '그때를 잊지 않을 시계탑時忘れじの塔'
앞이니 유족들이 참배하러 온 건지도 모른다.

암표 장수에게서 일당 천 원을 받고 밤새 줄 서는 일을
했을 때, 같이 줄을 서던 박식한 시계가 들려주었다.

"미군이 치른 도쿄대공습은 말이지요, 1945년 3월 10일
새벽 0시 8분부터 시작됐습니다. 3백 기나 되는 대규모 편
대였답디다. B-29가 초저공비행을 하면서 소이탄 1천 7백
톤을 인구가 밀집한 시가지에 투하했습니다. 북풍이 강한
밤이라 불길은 눈 깜짝할 사이에 마치 쓰나미처럼 도시를
휩쓸었어요. 피해가 제일 컸던 게 고토토이다리였는데 스미
다강 양쪽 강가에 사는 사람들은 다리를 건너면 살 수 있다
고 생각한 거지요. 아이들을 업고 안고 뛰는 사람들, 자전거
로 도망가는 사람들, 수레나 짐차에 가재도구와 노인을 태
우고 도망가는 사람들ㅡ. 그때 아사쿠사 방면에서 거센 불
길이 몰려와서는 사람들을 죄다 태우면서 다리를 휩쓸었고,
그 결과 고토토이다리는 발 디딜 틈 없이 불에 탄 시체로 가

득 찼습니다. 강 양쪽 스미다공원에 임시로 매장된 시신만
7천 구, 우에노공원으로 옮겨진 시신이 7천 8백 구—. 겨우
두 시간 만에 10만 명이 목숨을 잃었는데 도쿄 도내에는 공
립으로 된 도쿄대공습 전쟁기념관도 없고, 히로시마와 나가
사키에도 있는 평화공원조차 없습니다."

'그때를 잊지 않을 시계탑' 앞에 세운 자전거 그늘에는 예
순 살 전후쯤의 마른 남자가, 허리를 구부리고 백미러에 얼
굴을 비추며 수염을 깎고 있었다. 면도날 대신 커다란 재봉
용 가위를 벌려 사각사각 소리 내며 깎는다. 검은 티셔츠에
흰 바지를 입은 말쑥한 차림이었지만 자전거 짐받이에는 캠
프용 텐트, 냄비, 솥, 우산, 고무 슬리퍼 등을 동여매고 앞 바
구니에는 젖은 옷들과 수건을 빨래집게로 집어 말리고 있
으니 이 남자 역시 노숙자일 것이다. 수염을 깎는 걸로 보아
날품팔이 일이 생겼는지도 모른다. 나이를 먹으면 토목, 건
축 관계 일은 힘에 부치지만 일당 만 엔 정도 받는 사무실
건물 청소 일쯤은 찾을 수 있을 것이다. 회사가 쉬는 토요
일, 일요일에 1층부터 10층까지 엘리베이터 홀과 복도를 물
청소한 뒤 마르면 왁스로 닦아낸다—.
'그때를 잊지 않을 시계탑'은 오른팔로 사내아이를 안고

왼손을 여자아이 어깨에 얹은 세 모자의 동상인데, 여자아이는 오른쪽 하늘을 올려다보며 손가락으로 허공을 가리키고 있고 남자 갓난아기는 왼쪽을 올려다보고 어머니는 정면을 응시하고 있다.

시게는 매표소 창구가 열리고 줄이 움직이기 시작할 때까지 도쿄대공습에 대한 이야기를 계속했다. 우에노공원의 다른 곳, 대불이나 시간의 종, 기요미즈관음당, 사이고 다카모리에 관해 이야기할 때와는 달리 두려움과 슬픔을 불러일으키면서도 한편으로 그것들을 애써 떨쳐내려는 말투였다. 그래서 시게는 도쿄대공습의 생존자로 가족 중 누군가의 시신을 여기서 대면했으며 이후 우에노공원에 천막집을 지어 사는 게 아닐까 추측해봤지만, 때는 한겨울이었고, 추웠고, 목소리를 내기에는 입술이 너무나 말랐기 때문에 시게에게서 특별한 감정을 읽었다 한들 그 감정의 출처를 파헤치고 싶은 마음은 없었다.

"전시에 부모 곁을 떠나 농촌에 있는 절이나 여관에 피신했던 아이들도, 3월 10일은 육군기념일이었고 이튿날이 일요일이라 대공습 전날인 9일 금요일에 집으로 돌아와 있었죠. 우에노공원에는 새까맣게 타버리면서도 서로 꼭 껴안은 부모 자식들의 시신도 많았습니다."

이 '그때를 잊지 않을 시계탑'을 볼 때마다 지난 과거 앞으로 끌려 나온 느낌이었다. 요코와 고이치는 두 살 터울이었으니 꼭 이런 시절도 있었을 것이다. 돈 버느라 늘 집을 떠나 있어서 아이들을 찍은 사진이 없다. 카메라를 가져본 적도 없다.

고이치를 찍은 사진은 엑스레이 기사 전문학교 학생증에 붙어 있는 조그만 사진 한 장뿐이었다. 영정 사진으로 쓰기 위해 크게 확대했더니 간유리 너머의 얼굴처럼 흐려지고 말았다.

마치 다른 사람 같았다.

하지만 죽은 건, 분명 고이치였다.

도쿄올림픽이 끝난 무렵부터 도호쿠나 홋카이도에도 도시 개발의 바람이 불었다. 간선도로, 철도, 공원, 하천 정비와 같은 토목공사가 활발해졌고 학교와 병원, 도서관, 시민회관 같은 시설들도 잇달아 지어졌다. 다니가와체육주식회사가 센다이에 지사를 만든 것과 동시에 나는 기숙사를 세타가야에서 센다이로 옮겼고, 도호쿠와 홋카이도 방면의 건설 현장에 파견되어 야구장과 육상 경기장, 테니스 경기장과 같은 체육 시설 토목공사에 종사했다.

그날은 아침부터 비가 왔고 나는 후쿠시마 스카가와시청의 테니스장 예정지를 곡괭이로 파고 있었다.

밤에 숙소로 돌아갔더니 회사에서 전화가 걸려왔다. 모리 씨, 아드님이 잘못됐다고 부인이 전화하셨어요, 라는 것이었다.

겨우 며칠 전에 세쓰코에게서 고이치가 엑스레이 기사 국가시험에 합격했다는 전화를 받았던 참이라 무언가 잘못 들었겠지 하고 집에 전화를 걸었다. 그랬더니 고이치가 자취하던 목조 아파트에서 자다가 죽은 채로 발견되었고, 경찰에서 변사를 의심해 검시 중이라는 것이었다.

비가 내리고 있었다.

센다이로 시집간 요코의 남편이 차로 야사와 집에 들러 세쓰코를 태우고 스카가와까지 데리러 와주었다.

비가 내리고 있었다.

차 안에서 무슨 이야기를 했는지, 아무 이야기도 하지 않았는지는 기억나지 않는다.

도쿄에 도착해보니 아침이었다.

비가 내리고 있었다.

경찰서 영안실에 들어가자 벌거벗은 고이치가 흰 천으로 덮여 있었다. 감찰의무원에서 부검을 해야 한다는 설명을 들었다.

경찰서를 나서니 비가 내리고 있었다.

세쓰코와 둘이 고이치가 3년 동안 살았던 목조 아파트로 가 고이치가 죽은 이부자리에서 아침까지 시간을 보냈다.

무슨 이야기를 했는지, 아무 이야기도 하지 않았는지 기억나지 않는다.

이튿날, 아파트를 나서니 비가 내리고 있었다.

영안실에서 고이치는 유카타를 입고 관 속에 누워 있었다. 경찰서 근처 여관에 묵은 사위가 장례 준비를 해주었다는 말을 들었다.

감찰의에게 건네받은 사망진단서 맨 아래에는 병사 및 자연사라는 사인이 적혀 있었고 맨 위에는 이름과 생년월일이 적혀 있었다.

모리 고이치, 1960년 2월 23일―. 21년 전, 라디오에서 흘러나오던 목소리가 떠올랐다.

"황태자비 전하께서 오늘 오후 4시 15분, 궁내청 병원에서 출산하셨습니다. 친왕께서 태어나셨습니다. 모자 모두 건강

하십니다."

*

고이치를 안치한 곳은 고이치가 태어난 부쓰마*였다.

얼굴에 씌운 흰 천을 두 손으로 걷는다.

아들의 얼굴을 제대로 들여다보는 건 갓난아기 때 이후로 처음이었다.

그때도 머리맡에 앉아 이렇게 몸을 숙이고 목을 빼고서—.

부검을 했다지만 얼굴에 상처는 없었다.

얼굴을, 본다.

초승달 같은 반원을 그린 눈썹, 굵고 짧은 콧날, 뭉툭한 입술—, 이 아이는 나를 닮았다.

태어난 후에도 내가 집을 떠나 있을 때가 많다 보니 함께 돌아다닌 적도 거의 없었고 남들에게 "우예 저래 똑 빼닮았나" "아비 닮았나 비네" 같은 소리를 들을 기회도 없었으며 같이 사진을 찍어 나와 아들의 얼굴을 비교해본 적도 없었다.

고이치는 자기가 아버지를 닮았다는 걸 알고 있었을까?

♦ 仏間. 집에서 조상들의 영혼을 기리기 위해 위패 등을 모신 불단을 마련한 방.

넌 아빠를 닮았다고 세쓰코가 말해준 적이 있었을까?

요코는 세쓰코를 쏙 빼닮았는데 오누이끼리 누구는 어머니를 닮았다느니 누구는 아버지를 닮았다느니 이야기한 적이 있었을까?

집을 비운 20여 년 동안 이 집에서 식구들이 무슨 이야기를 나누었는지 나는 모른다.

내가 밖에서 돈을 버는 동안, 동생들은 각자 가정을 꾸렸다. 내 자식들은 초등학교와 중학교, 고등학교를 졸업한 후 요코는 시집을 가고 고이치는 상경해 집에는 늙은 부모님과 세쓰코만이 남았다. 그래도 나는 고이치의 엑스레이 기사 전문학교 학비와 생활비, 식구들이 먹고살 돈을 보내기 위해 타향에서 계속 돈벌이를 해야만 했다.

열두 살 무렵부터 그런 식으로 살아왔으니 딱히 불만을 가진 적은 없지만―.

잠들어 있는 사이에 죽었고, 꼭 잠자는 것처럼 보이는 고이치의 나를 빼닮은 얼굴을 보고 있자니 내 삶은 과연 무엇이었는지, 어찌나 허무한 삶이었는지를 돌아보지 않을 수가 없었다.

요코는 온몸을 쥐어짜듯이 울고 있었다.

세쓰코는 손바닥으로 입가를 완전히 가리고 있었다. 오열이나 비명을 참는 몸짓으로 보였지만 눈물을 흘리고 있지는 않았다.

나도 고이치의 죽음을 듣고 나서 한 번도 울지 않았다.

이해할 수 없었다.

갓 스물한 살이 된 외아들의 갑작스러운 죽음을 사실로 받아들일 수가 없었다.

놀라움과 슬픔과 분노가 너무나도 커서 눈물조차도 말라 버린 것 같았다.

괘종시계가 몇 번 울렸고 몇 시간이 지난 것 같았지만 시간이 흐른다는 실감이 나지 않았다.

여든 살이 된 어머니는 합장하고 나서 손자 얼굴에 흰 천을 씌우며 말했다.

"여적 고생만 하고 돈 부치느라 허리 휘어지게 일하다가 이제 겨우 편하게 살겠고마 했는데……. 지지리도 복도 없는 자식아…… 내일 장례식 치를라믄 얼른 자둬라. 목욕물은 받아놨으니……." 일어서는 어머니의 눈가 주름에 눈물이 고여 있었다.

욕실에 들어가 면도날을 손에 들고, 오른쪽 모서리가 깨져 나간 네모난 거울을 들여다보았다.

평소와 변함없는 익숙한 얼굴이라는 것이 이상했다.

경찰서에서 벌거벗은 고이치를 봐야 했던 때부터 내내 그렇게 부르기를 피해왔으나 방에 누워 있는 저것은, 고이치의 시신이다.

저것은, 죽은 고이치의 얼굴이다.

고이치는, 죽었다.

내일도, 앞으로도, 계속 죽은 상태다.

그런 생각이 드니 마음이 떨렸고 떨리는 것을 막을 수 없게 되자 아무리 애써도 수습할 수 없을 것 같았다.

밖에 나가보니 비는 그쳐 있었다.

비가 씻어낸 공기는 맑았고 파도 소리가 여느 때보다 가까이 들렸다.

하늘 가운데에 진줏빛 광택을 내뿜는 새하얀 보름달이 떠 있었다.

달빛 때문에 집들이 호수 속에 잠긴 것처럼 보였다.

한 줄기의 길이 하얗게 뻗어 있었다.

미기타하마해변으로 이어지는 길이었다.

바람이 불어와 어둠 속에서도 산벚나무 꽃잎들이 희뿌옇게 흩날렸다. 하마도리는 도쿄보다 두어 주 벚꽃이 늦게 핀다는 것이 기억났다.

파도 소리가 높아졌다.

어둠 속에 혼자 서 있었다.

빛은 비추지 않는다.

비출 대상을 찾을 뿐이다.

그리고 빛이 나를 찾을 일은 없다.

계속 어둠뿐이다―.

집에 들어가니 식구들은 모두 자고 있었다.

이불 위에 개어놓은 잠옷으로 갈아입고, 베개에 머리를 파묻고, 이불을 뒤집어썼다.

집 안에서 나는 소리에 귀를 기울이다가 어렴풋이 잠이 들었고 눈을 뜨자 커튼 사이에서 희미하게 햇빛이 비쳐 들고 있었다.

"지지리도 복도 없는 자식아……"라는 어머니의 말이 가슴 위로 빗물처럼 퍼졌고 나는 이불 속에서 주먹을 꽉 쥐고 옆에서 자는 세쓰코 모르게 등을 돌렸다.

상주로서 이장 댁에 인사를 가야 했다.

바람이 미지근했다.

벚나무들이 앞다투어 꽃잎들을 흩날리는 게 보였다.

걸으면서 머리 위 하늘의 높이를 느꼈다.

맑고 푸른 하늘 아래 봄의 하루가 시작되고 있었다.

노력하고 있는 나를 느꼈다.

노력에서 해방되고 싶다고 느꼈다.

나는, 고이치의 죽음을 듣고 나서 노력하고 있다.

지금까지도 일하려는 노력은 해왔지만 지금 이 노력은 살려는 노력이다.

죽고 싶다기보다도 노력하는 데 지쳤다.

벚나무 가지에서 참새도 산비둘기도 휘파람새도 아닌, 가슴께가 새하얀 처음 보는 새가 내 앞으로 내려왔다. 발소리를 내며 다가가는데도 전혀 개의치 않는 듯, 분필을 손에 든 채 뒷짐을 지고 칠판 앞을 오가는 신임 교사 같은 발걸음으로 자갈길을 돌아다녔다.

새가 왼쪽 눈 가장자리로 사라지자 문득 마음에 걸려서 뒤돌아보니 새는 이미 사라지고 없었다.

그곳에는 벚나무 꽃잎만 떨어지고 있었고 나는 그 새가 고이치였는지도 모른다고 생각했다.

시간은 완만하게 흘렀다. 발걸음을 재촉해봐도 한 발 한 발 고요함의 구렁텅이에 빠져드는 듯했다. 이대로 시간의 흐름이, 흐르는 걸 모를 만큼 느려진다면―. 죽음이란 어쩌면 시간이 멈추고 이 공간에 혼자 남겨지는 것일까…… 공간과 자기 자신이 사라지고 시간만이 흐르는 것일까…… 고 이치는 어디로 갔을까…… 이제 아무 데도 없는 걸까…….

집에 돌아오자 장례용 화환을 세우고 맹장지 문을 뗀 풍경이 눈에 들어왔고 앞치마를 두른 여자들이 바쁘게 일하고 있었다. 아내의 친정 식구들과 이웃들이 도마와 식칼을 들고 도와주러 왔는지, 부엌 쪽에서 식칼 소리가 겹쳐 들렸다.

이 집에서 세쓰코와 혼인식을 올린 날이 떠올랐다. 세쓰코는 스물한 살이었는데 한 번 후타바에 사는 친척 집에 시집을 갔다가 잘 안 돼서 다시 친정으로 돌아왔다고 들었다. 우리는 어린 시절에 같은 야사와 심상고등소학교를 다녔고 길이나 집 앞에서 얼굴을 마주치곤 했으니 새삼스레 선을 보지는 않았다. 어느새 혼담이 오갔고 어느 날 몬쓰키하카마* 차림으로 친척들과 중매인과 함께 세쓰코를 맞이하러 갔다. 5리도 되지 않은 거리여서, 혼행길을 떠났다가 시로무쿠**를 입은 세쓰코를 데려오는 데 한 시간도 채 걸리지 않았다. 시로무쿠…… 아니, 흰색은 아니었어…… 검은 색이었지…… 분명 흰색은 안 입었어. 쓰노카쿠시***는 흰색이었지만 신부 옷은 흰색이 아니었지…….

* 紋付き袴, 일본 전통 예복.
** 白無垢, 새하얀 신부 의상.

64

달콤하고 짭짤한 조림 요리 냄새가 퍼지기 시작했을 때 쇼엔지 주지 스님이 나타났다. "이번 일은 정말 유감입니다. 제가 임종 독경을 맡게 되었습니다." 스님은 툇마루에서 바로 부쓰마로 올라갔다.

스님이 불단 앞에 무릎을 꿇고 앉아 경쇠를 두 번 치자 친척들과 같은 마을의 정토진종 신자들도 자세를 고치고 합장했다.

고이치 얼굴 위에 덮인 흰 천과 불단 위의 초에서 피어오르는 불과 연기, 불단에 꽂았던 소국이 어느새 붓순나무로 바뀐 것을 보고 온몸의 피가 뒤끓을 만큼 두려움을 느꼈다.

"여시아문如是我聞 일시불재一時佛在 사위국舍衛國 기수급고독원祇樹給孤獨園 여대비구중與大比丘衆 천이백오십인구千二百五十人俱 개시대아라한皆是大阿羅漢 중소지식衆所知識 장로사리불長老舍利弗 마하목견련摩訶目犍連 마하가섭摩訶迦葉……"

눈을 감고 호흡을 가다듬은 다음 아미타경에 집중하려고 했으나 심장 고동이 빨라지고 목 안쪽에서 핏덩어리가 올라와 토할 것만 같았다.

나무아미타불 나무아미타불 나무아미타불 하고 염불을

♦♦♦ 角隱し, 신부가 머리에 쓰는 흰 천.

외는 어머니의 목소리가 오른쪽 귓가에서 들려와 경문을 외려고 입을 움직여보았다. 달리기를 한 직후처럼 숨이 차, 소리를 내지 못한 채 몇 분이 흘렀고 합장한 손이 차갑게 굳는 것을 느꼈다.

"아미타불님의 홍서의 힘을 입지 못함에

어느 때의 어느 겁에 사바세계에서 벗어나겠는가

부처님의 은혜로움을 깊이 깨닫고

무궁무진하게 염불함으로 보답해야 함이라

사바영겁의 고통을 버리고

서방정토에서 극락왕생을 얻는 것은

석가모니 부처님의 힘이나니

오랜 장겁에 자비한 사랑의 은혜에 보답해야 함이라."

아버지와 어머니는 아무리 몸이 아픈 날에도 아침저녁으로 독경을 잊지 않았다.

아버지는 늘 조상들의 고생담을 들려주었고, 어머니는 뜨개질이나 바느질을 하면서 말없이 들었다. 그럴 때 어머니의 표정은 그 이야기에 깊은 애착을 느끼는 듯했다.

우리가 원래 이곳 소마에 살지는 않았거든. 에도 후기 1806년, 지금부터 한 200년 전 피눈물 나는 고생 끝에 저 멀리 가가엣추에서 옮겨온 기라.

가가엣추는 지금으로 보믄 도야마현이라. 우선 도나미군 노지리쇼아자 후쓰카마치에 있던 후간지普願寺의 주지 스님 죠케이의 차남 고린이 하라마치에 조후쿠지常福寺를 세우고 삼남인 린노가 소마에 쇼사이지正西寺를, 사남 호센이 후타바에 쇼후쿠지正福寺를 세우고, 그렇게 3대 본원사찰을 세워 새 길을 여신 기라.

그쯤 또 다른 스님이 엣추에서 소마로 왔는데, 그분이야말로 가시마에서 쇼엔지를 세운 스님이거든, 도나미군 아소마을에 있는 사이온지西園寺 스님 엔타이의 차남 가쿠넨이지.

손수 괭이와 쟁기로 밭을 갈고 염전을 개간하고 쌀농사로 이윤을 내고 엣추로 돌아가서는 해마다 열 가구씩 이민으로 데리고 와서 보증인이 되어주신 기라. 그래서 사람들이 '보증인 스님'이라고 불렀다.

7대 선조님 고향도 가쿠넨 스님과 같은 도나미군 아소마을, 지금의 도야마현인 기라.

그 무렵엔 전철도 버스도 없었으니 걸어서 에치고에서 아이즈로 들어가 가지고 다시 니혼마쓰에서 가와마타로 나와 야기사와고개를 넘어서 겨우 소마까지 왔다. 60일쯤 걸렸다드라.

대부분 몸뚱이 하나로 신천지를 개척한답시고 고향 감나

무의 어린 가지를 생무에 꽂아 들고 왔다대. '복숭아와 밤은 3년, 감은 8년이면 열매를 맺는다'는 말도 있으니 기근 때를 대비한 거재.

그래가 정토진종 신자 집 마당을 보면 조상 대대로 내려온 감나무가 있고 '렌뇨◆ 감'이니 '도야마 감'이니 불리는 기다. 이곳에서 나는 감은 대부분 도야마에서 온 감나무인 셈인 기다.

가시마마치에서 정토진종 신자가 많은 부락은 아카기, 유누키, 가바니와, 오야마다, 요코테, 미나미미기타, 기타미기타, 데라우치, 기타에비―, 소마에서는 나카무라마치, 오노마을, 이노마을, 하라마치에서는 이시가미마을, 오타마을, 다카히라마을, 시부사, 오미카, 시도케, 기타하라, 가이바마―, 오다카는 오카다, 가나부사, 후쿠우라―, 나미에, 우케도, 후타바, 오쿠마 같은 데도 정토진종 신자들이 개척해서 살게 된 땅이라.

조상님들이 황무지를 개간하셨재. 좋은 땅은 바라지도 못하고 염해가 심한 바다 쪽 아이면 들짐승이 많이 나오는 산쪽에 살 수밖에 없었재.

◆ 連如, 정토진종을 서민에게 널리 알린 승려.

소마에는 진언종과 천태종, 조동종 절이 많다.

그리고 소마는 토장, 정토진종은 화장을 안 하나. 소마에서 누가 죽으면 여섯 닢, 지팡이, 짚신을 관에 넣고 수의를 입히고 저승길로 보내는데, 정토진종에서는 죽자마자 극락왕생해서 부처님이 되니까 흰옷만 입히면 끝이재.

정토진종에서는 대안大安이니 우인友引이니 불멸仏滅 같은 거는 따지지 않고 장례식이든 결혼식이든 올리거든. 죽음은 부정한 것이 아니니까 상중이라는 종이도 안 붙이고 부정을 씻기 위해 소금을 뿌리지도 않재.

소마 집에 있는 불단은 아주 쪼만해도, 정토진종에서는 높이가 80에서 160센티미터나 되는 불단을 모시고 생활도 불단 중심으로 안 하나.

소마에서는 불단에 위패를 모시는데 정토진종은 법명이나 과거장◆만 둔다 아이가.

소마 집에는 가미다나◆◆ 말고도 다이코쿠다나◆◆◆니 고진다나◆◆◆◆니 하는 게 있다. 집의 앞면, 거실, 마구간, 부엌, 우

◆ 過去帳, 죽은 이의 생명과 계명(戒名, 사후에 주어진 명칭), 사망 연월일 등이 기재되어 있다.
◆◆ 神棚, 신을 모셔놓은 제단.
◆◆◆ 大黒棚, 대흑천 신을 모셔놓은 제단.
◆◆◆◆ 荒神棚, 조왕신을 모셔놓은 제단.

물, 변소 같은 데까지 부적을 붙이는데 정토진종 집에는 가미다나 하나 없다 아이가.

소마에서는 신불 축제와 제사를 중요시하지만 정토진종은 그런 걸 신경 안 쓰니 설 때 가도마쓰*를 두지도 않거든. 오봉에도 본다나**를 만들거나 무카에비***를 피우는 일도 없재. 불을 피워서 여기가 우리 집이라고 알려줘야 한다니, 부처님으로 다시 태어나서 깨달음을 얻은 분들이 불빛을 표시로 삼아 찾아온다고? 말도 안 되는 소리재.

오이하고 가지에 겨릅대를 꽂아가 네 발을 만들고 본다나에 두는 것도, 오이는 말을 뜻하고 빨리 달려서 조상님 혼령이 조금이라도 빨리 돌아오실 때 타시는 거고 가지는 소를 뜻하고 걸음이 늦으니 천천히 돌아오실 때 타신다고 하더라─. 그란데 우리 조상님들은 그렇게 안 모자라지. 일 년에 한 번만 오시는 그런 분들도 아니고. 돌아가시자마자 부처님으로 환생해가지고 저승에서 우리한테 오시가 365일 24시간 우리를 지켜주고 계시거든. 오봉 기간의 일주일만 오시다니 무신 멍청한 소리 하고 있어.

---

* 門松, 그해의 풍작을 비는 신을 맞이하기 위해 집 앞에 세우는 소나무.
** 盆棚, 우란분재 때 위패와 제물 등을 올리는 제단.
*** 迎え火, 조상들을 맞이하는 불.

'나무아미타불을 외면 십방무량의 제불은 백중 천중으로 위요하여 기뻐하며 지켜주리라', 이렇게 정토진종 근행집에도 써 있다. 염불을 외면 죽어서 부처님이 된 사람들이 백 겹, 천 겹으로 우리를 둘러싸서 기꺼이 지켜주신다고. 여기 봐봐라, '밤낮으로 늘 지켜주시니' '밤낮으로 늘 지켜주시며', 이렇게 몇 번이나 안 나오나.

소마번 조상신은 묘견대권현♦으로 소마 나카무라신사, 하라마치 오타신사, 소마 오다카신사, 이 세 곳에서 모시거든. 해마다 7월 23일, 24일, 25일의 사흘 동안 '노마오이'를 하는데 정토진종 신자들은 그 기간에도 논밭 김매기를 안 쉬었재. 그래서 화가 난 '토착민분들'이 노마오이 동안 김매기 도구를 뺏어버리고 안 했나.

우리는 소마 사람들을 '토착민분들'이라 부르고 소마 사람들은 우리를 '가가 놈들'이라 부르면서 '정토진종 놈들은 도리를 모른다'고 깔보았재.

엄청 심하게 괴롭힘을 당한 건 틀림없다. 소마번 영주께서 땅을 나눠주시면서 개간한 땅은 너희들 준다고 해서 열심히 논밭을 일궜는데 수리권은 안 준 기다.

♦ 妙見大権現, 국토를 지키고 고생을 덜고 재해를 막아주는 신.

아무리 일구어도 물을 끌어올 수 없으니 고생을 안 했겠
나? '토착민분들'과 이야기해보려고 찾아가도 '가가 놈들'은
들어오지 말라고 현관 흙바닥에 앉아서 기다리라 안 하나.
할 수 없이 정토진종 신자들끼리 모여 저수지를 만들고 수
로를 연결해서 겨우 논밭에 물을 끌어올 수 있게 됐다 하더
라.

'토착민분들'은 우리 정토진종 신자들이 아침저녁으로 외
는 '정신게正信偈' 나무아미타불 소리를 멀리서 듣고, 고향인
가가를 그리워하며 우는 소리로 착각하고 '가가 울음'이라
고 업신여겼재.

억울한 일이 엄청 많았재. 신란親鸞 성인께서 '염불을 외
는 사람은 무애일도♦'라 하싯다. '가가 울음'이라며 괴롭힘
을 당했지만 황무지를 처음부터 개간하신 조상님들을 생각
하면, 고통이나 슬픔 같은 것들이 우리 앞길을 막을 수는 없
으니 이 몸에 일어나는 일들을 똑바로 받아들이고 살아가면
안 되것나—.

대앵 대앵 대앵 대앵 대앵, 내가 태어나기 전부터 여기 있

♦ 無碍一道, 어떤 장애물도 없는, 생사를 초월한 유일한 길을 간다는 뜻.

던 괘종시계의 익숙한 소리가 집 안에 울려 퍼졌다.

이 소리가 고이치에게는 들리지 않는다는 사실이 신기하게 느껴져 금빛 시계추의 움직임을 응시했다. 시계 소리의 여운이 사라지자 집 안은 물에 잠긴 듯 고요해졌다. 그 고요함을 듣고 있는 것만 같았다, 고이치가―.

시계가 6시를 알리기 전에 같은 기타미기타부락과 이웃 미나미기타부락에서 식장式章을 목에 걸친 정토진종 신도들이 모여들었고 쇼엔지 주지 스님과 함께 불단 본존을 향해 '아미타경'을 외웠다.

독경과 예배가 끝난 뒤 불단이 있는 방과 거실 사이의 맹장지 문을 떼서 만든 8평 남짓한 공간에 접이식 상 세 개를 펴서 상갓집 밥상을 차렸다.

아버지가 알려준 상주 인사말을 조문객들 앞에서 그대로 읊었다.

"오늘은 바쁘신 와중에 아들 고이치의 문상을 와주셔서 감사합니다. 고이치는 3월 31일, 도쿄 이타바시의 자취방에서 사망했습니다. 향년 21세였습니다. 사소하지만 가벼운 식사를 준비했으니 아들의 추억이라도 나누면서 들어주십시오. 장례식은 내일 정오에 시작합니다. 많이 참석해주시길 바랍니다."

쇼엔지 주지 스님 앞에 앉자 우엉볶음, 채소조림, 두부채소무침, 산나물튀김, 채소절임 같은 사찰 요리가 나오고 조문객들 앞에 접시와 컵이 놓였다. 상주인 나는 후쿠시마 토주인 '오쿠노마쓰' 병을 들고 조문객들 컵에 하나하나 따랐다.

"고이치가 아직 스무 살밖에 안 됐재? 근데 왜 이리 급히 갔다냐……."

"사람 일은 정말 모르것다."

"무슨 말을 해야 할지…… 설마 고이치가 우예 이래……."

"힘들것다."

"정신 바짝 차리라."

"도쿄 가서 엑스레이 기사 국가시험에 붙었다고 얼마 전에 세쓰코가 카길래 아이고 자랑스럽겠다, 앞으로 기대가 크다 했고마…… 안타까와가 우짜지……."

"하늘도 너무하시재."

세 집 건너 이웃인 마에다 씨 차남인 오사무가 젊은 여자와 함께 와서는 눈을 내리깔고 인사했다.

"갑작스러운 소식에 놀랐습니다……."

"부인인가?" 내가 물었다.

"아내 도모코입니다. 올해 초에 나미에 우케도에서 시집

와서 하라마치에 있는 마루야에서 식을 올렸어요. 고이치에게 축사를 부탁했는데 그때만 해도 정말 괜찮았거든요. 뒤풀이에서도 신나서 다 같이 고등학교 교가를 불렀는데 그게 마지막이 될 줄이야⋯⋯."

도모코는 한숨을 푹 쉰 다음 핸드백에서 하얀 손수건을 꺼내 눈가를 훔치고, 눈물과 함께 나온 콧물을 닦고는 꿇은 무릎 위에 양손을 내렸다. 동그랗고 매끈한 이마와 볼 때문에 그녀의 동안이 더욱 앳되어 보였다.

"고이치하고는 마노초등학교 때부터 가시마중학교, 하라마치고등학교까지 쭉 같은 반이었습니다. 고이치 성이 모리라서 출석 번호가 붙어 있었어요. 항상 제가 불린 다음에 고이치가 불렸지요⋯⋯. 하라마치고등학교에서는 특별활동도 같은 검도부라서 제일 친했어요. 제가 부장이었고 고이치가 부부장이었고요⋯⋯."

모두 처음 듣는 이야기였다.

고이치도 요코도 집에 돌아오는 일이 거의 없는 아버지를 잘 따르지 않았고 나도 무슨 말을 해야 할지 몰랐다.

피를 나눈 부자지간인데도 남을 대하듯 어색하기만 했다.

문득―, 도쿄의 전문학교를 3년 동안 다녔으니 거기에도 친구가 있을 테고 어쩌면 애인이 있을 수도 있겠다는 생각이 들었지만 나보다 더 가슴 아파하는 아내에게 물어볼 수는 없었다. 만약 그런 사람이 있다 한들 내일 장례식에 참석하기엔 이미 늦었고ー.

젊은 부부는 나란히 불단 앞으로 나아가 염주를 손가락에 걸어 합장한 뒤 나무아미타불을 외고 고개를 숙이고 나서 합장을 풀었다.

"고이치 얼굴을 한 번 봐줘……." 세쓰코가 오사무에게 말했다.

오사무가 고이치 머리맡에 무릎을 꿇고 앉아 양손을 바닥에 대고 절을 하자 세쓰코가 고이치 얼굴을 덮은 흰 천을 벗겼다.

오사무는 양손을 바닥에 댄 채 고이치 얼굴을 보며 말했다.

"잠을 자는 것 같은데…… 믿기지가 않아요……."

그러고는 합장을 하고 새댁 옆으로 돌아갔다.

나는 오사무의 컵에 술을 따르면서, 고이치와 술을 마신 적이 없었고 앞으로 그런 날을 꿈꿀 수도 없겠구나 하고 생각했다. 그때 시야 가장자리에서 무언가가 날아갔고ー, 그새, 오늘 아침에 이장 댁에 인사하러 가는 길에 본 가슴이 새하얀 새는 역시 고이치였구나ー 하고 생각한 것은 몇 명에게서 술잔을 돌려받고 취기가 꽤 돌았기 때문인지도 모른다.

"고이치가 극락정토에 갔을까예?"

세쓰코의 신음하는 듯한 목소리가 귓전을 때렸다.

세쓰코는 어느새 쇼엔지 주지 스님 옆에 앉아 있었다.

"정토진종에서는 왕생, 즉 죽음은 부처님으로 환생한다고 가르칩니다. 그러니 너무 슬퍼하지 마십시오. 아미타불께서는 모든 중생을 구원하겠다고 약속해주셨습니다. 나무아미타불을 외기만 하면 구원해주시겠다는 거지요. 구원받는다는 것은 우리가 진실한 깨달음을 얻은 부처님으로 환생한다는 뜻이고, 부처님으로 환생한다는 것은 우리를 구원해주시는 분으로 환생한다는 뜻입니다. 아미타불을 대신해서 다음에는 우리, 지금 사바세계에서 번뇌하고 있는 우리를 구원하기 위해 아미타불 아래에 있는 보살이 되어서 돌아와주시는 겁니다. 그래서 죽음은 결코 끝이 아닙니다. 돌아가신 분들은 우리가 외는 나무아미타불 염불 속에서 우리를 이끌어주시니까요. 초상도 사십구재도 돌아가신 분의 명복을 빌거나, 공양이니 추도니 위령을 하기 위한 것이 아닙니다. 부처님과 인연을 만들어주신 일에 대해서 돌아가신 분께 감사를 드리는 겁니다. 첫 번째 기제사도 마찬가지입니다. 우리와 일 년이라는 불연을 맺고 정토에서 만나게 될 그날까지 우리를 이끌어주시는 겁니다. 돌아가신 분들이 우리를 키우는 과정인 셈이지요."

무릎 위에서 굳어 있는 세쓰코의 두 손등에 힘줄이 서 있는 것이 보였다. 손가락 끝에 힘이 들어가 뭔가를 부여잡으려고 한다―.

"그래도 고이치는 아직 스무 살밖에 안 됐어예……. 도쿄에서 자취하던 목조 아파트에서 혼자 죽었어예, 아무도 모르게……. 경찰이 검사를 한다꼬 상처 하나 없는 몸을 해부하고…… 사망진단서에는 병사니 자연사니 쓰여 있었는데 사실은 언제 죽었는지 어떻게 죽었는지 모르는 일 아닙니꺼……. 힘들어하다가…… 엄마, 하고 불렀을지도 모른다고 생각하믄……."

서른 명쯤 되는 조문객들이 입을 다물었고, 그 침묵에 동의하듯 괘종시계가 7시를 알렸다.

보이지 않는 시간이 내려앉는 것이 보이는 듯했다.

주지 스님의 목소리가 그 침묵을 부드럽게 밀어냈다.

"임종에 대해 생각하지 않을 수 없다는 점이 인간의 가장 잘못된 습성입니다. 좋은 임종이었는지 안 좋은 임종이었는지를 남겨진 우리가 생각하는 것이지요. 그렇게 되면 어떤 죽음이 좋은 죽음이고 어떤 죽음이 안 좋은 죽음인지를 모두 자기가 판단하게 됩니다. 아이즈 지방에 '덜컥관음보살'이라는 게 있습니다. 원래는 어느 집의 아들이 자기 부모님이 힘들지 않게 편안히 저승길로 가기를 바라는 마음으로 참배하러 다닌 것이 시초가 됐다는데, 최근에는 아들딸이 아니라 부모님들이 찾아간답니다. 할머니 할아버지들이 그곳을 찾아가서 가족들에게 폐를 끼치기 싫으니 갈 때는 덜컥 가게 해달라고 비는 것이지요. 몇 년 뒤에 심부전 같은 걸로 쓰러져서 왕생하면 남겨진 아들딸들은 꼭 이렇게 말합니다. 우리 부모님은 정말 훌륭하시다, 아무에게도 피해를 안 주고 정토로 가셨다, 이렇게 훌륭한 죽음이 또 어디 있겠는가, 나도 저렇게 깔끔하게 가고 싶다, 좋은 임종이었다고.

그런데 초칠일, 이칠일, 사십구재, 백일재, 소상재, 이렇게 시간이 지나면서 사람 마음은 변하게 됩니다. 일주일만이라도 곁을 지키고 싶었는데, 사흘이든 나흘이든 좋으니 손을 잡고 이야기도 나누고 싶었는데, 이런 마음이 들기 시작하면 덜컥 가는 게 좋은 죽음이 아닐지도 모른다는 생각이 들게 되지요. 같은 죽음이라도 좋고 안 좋은 게 달라지는 건 그 판단 기준을 본인이 만들고 있기 때문입니다. 그러니 죽음에 대해 따져서는 안 됩니다. 아미타불께서는 고이치가 살아 있을 때부터 그가 어떤 죽음을 맞이하든 고이치를 반

드시 정토로 인도하시고 보살의 생명을 불어넣어주시겠다
고 약속하셨으니 고이치는 보살이 되어 우리 곁으로 돌아올
겁니다."

세쓰코가 몸을 떨기 시작했다.

"보살이 된 고이치하고 한 번 더…… 한 번 더 이야기할
수 있을까예?"

"나무아미타불을 외면……."

세쓰코는 숨을 들이쉬고 떨리는 왼손을 오른손으로 잡고
진정시키려다가, 와락 바닥에 엎드려 울음을 터뜨렸다.

기둥 앞에 무릎을 꿇고 앉아 있던 요코의 울음소리도 섞
여 들었다.

나는 울지 않았지만 누군가에게 한껏 뺨을 맞은 듯, 얼굴
전체가 저릿하고 입술이 뒤틀려 아플 정도였다.

아침이 되었다.

고이치가 죽고 나서 다섯 번째 아침이었다.

고이치가 죽기 전에는 늘 눈꺼풀 안에서 잠이 깨어 내가
어디서 무엇을 하고 있고 지금이 언제인지를 인지하고 나서
눈을 떴는데, 고이치가 죽은 이후로는 고이치가 죽었다는
사실이 나를 흔들어 깨웠다.

집 안에 있는데 밖에서 아이가 친 야구공이 창문을 깨고 들어오는 것처럼, 외아들의 죽음이라는 사실이 아침마다 잠을 깨우고 밤마다 잠을 두려워하게 했다.

집 안은 아직 어스름에 싸여 있었지만 참새가 짹짹거리는 소리가 나고 휘파람새가 휘익 휘익 우는 소리도 엷게 들려왔다. 그때 본 가슴이 새하얀 새는 어떤 소리로 울까—. 끊어진 잠의 실마리를 찾아보려 했으나 이번엔 어떤 냄새가 느껴졌다.

어젯밤의 요리와 술 냄새 속에 썩은 내가 섞여 있는 것 같다.

날씨도 따뜻해 부패하기 시작한 것인지도 모른다—.

어떤 감정으로 가득 찼는데 그것이 어떤 감정인지 모를 만큼 지쳐 있었다. 감정을 소모했고, 하지만 여전히 긴장하고 있었다. 내 감정에 대해 온몸으로 경계하는 자세를 흩뜨리지 않았다. 더는 견딜 수가 없다. 더는 슬퍼하지도, 괴로워하지도, 분노하지도 못하겠다—.

주먹을 꼭 움켜쥐듯이 위장이 아파, 이불 속에서 오른손을 움직여 위 주변을 쓸어보았다.

역시 썩은 내가 난다.

눈을 감고 집중해서 냄새를 맡아본다.

썩은 내가 콧구멍에서 몸속으로 들어가 혈액과 함께 온몸을 돌고―, 나는 산 채로 이승에서 부패하기 시작했는지도 모른다고 생각했다.

끝났다.

이미 끝났는데도 살아서⋯⋯

살아서 고이치를 애도해야 한다.

살아서⋯⋯.

아침을 먹고 세쓰코가 건네준 보따리를 풀어보니 상복이었다. 이장 댁에서 빌려 왔다고 했다.

검은 비단에 흰 문양이 들어간 격식 있는 기모노와 하카마♦를 입자 세쓰코가 허리띠를 매주고 하카마 끈도 일자로 묶어주었다.

오동나무로 만든 관이 집 안으로 들어온다.

관 바닥에 얇은 이불을 깔고 베개를 놓는다.

고이치 등 뒤로 손을 돌려 고이치를 요로 감싸듯 안아 일으킨다.

♦ 袴, 전통 옷의 하의.

82

세쓰코가 정토진종 식장을 고이치 목에 걸어주고 온 가족이 고이치의 머리와 몸통, 다리를 들어 올려 관에 눕혔다.

어머니가 관 쪽으로 몸을 구부려 고이치 손에 염주를 쥐여주고 가슴께에 합장을 만들어주었다.

쇼엔지 주지 스님이 세 겹으로 접은 화지에 '나무아미타불'이라는 여섯 글자를 쓴 납관존호♦를 고이치 몸 위에 두었다.

"고이치는 생전에 본사찰로부터 법명을 받지 못했기 때문에 아래 사찰의 주지인 제가 고이치를 대신하여 불법승의 삼보에 귀의하고 공경할 것을 맹세하는 삼귀의문을 낭송하고 귀경식을 올리겠습니다."

가족 모두 합장한다.

"사람으로 태어나기 어려운데 이미 태어났습니다. 불타의 가르침을 듣기 어려운데 이미 들었습니다. 만일 지금 이때에 번뇌를 단절하고 깨달음을 얻지 않는다면 언제 기회가 있겠습니까. 모든 중생과 함께 삼가 삼보에 귀의하여 예배하겠나이다."

♦ 納棺尊号, 고인의 법명을 쓴 종이.

주지 스님은 고이치 머리카락에 세 차례 면도날을 갖다
대는 시늉을 하며 말을 이었다.

"거룩한 부처님께 귀의합니다.

실로 바라느니 중생과 함께 대도를 몸으로 받아들이고
무상의 깨달음을 향한 마음을 일으키도록 발원하옵니다.

거룩한 가르침에 귀의합니다.

실로 바라느니 중생과 함께 깊이 경전을 배우고 바다와
같이 큰 지혜를 얻도록 발원하옵니다.

거룩한 스님들께 귀의합니다.

실로 바라느니 중생과 함께 사람들과 화합하여 일체무애
의 경지에 이르도록 발원하옵니다.

더없이 깊은 부처님의 진리에는 백천만겁을 지나도 만나
기 어려우나 지금 나는 그것을 만나 그 가르침을 얻었으니
원하건대 부처님의 진실한 뜻을 이해하게 하소서."

주지 스님께 법명이 쓰인 화지를 받았다.

1981년 3월 31일 왕생

법명 샤쿠釋 준코順浩

속명 모리 고이치 이십일 세

"석가모니께서는 출가한 자는 속명과 계급을 버리고 모두 사문석자沙門釋子라고 불렀습니다. 석가모니의 제자, 즉 불자가 되었다는 뜻으로 석가의 '釋' 자를 성으로 하겠습니다. '順' 자는 부처님의 가르침을 따른다는 뜻이며 마지막 '浩' 자는 속명 고이치에서 따온 것입니다."

장례가 끝나고 발인할 때가 왔다.

가족들이 관을 둘러싸고 고이치의 몸을 흰 국화꽃으로 덮으며 이별을 고한다.

관에 뚜껑을 닫고 남자 친척 여섯이 관을 들어 올려 현관까지 옮긴다.

나는 법명을 쓴 장례용 임시 위패를 들고 있었다.

검은색 끈이 달린 짚신을 신고 밖으로 나온다.

눈이 부셨다.

미기타부락에서 온 사람들이 남녀 모두 상복을 입은 것은 알았지만 눈이 부셔 얼굴들이 한결같이 새하얗게 보였고 누가 있는지 어떤 표정을 짓고 있는지 분간할 수 없었다.

벚꽃 잎이 흘러가고 있었으니 잔바람이 불었을 것이다.

나팔수선화 향기가 났다.

발밑으로 시선을 떨구니 나팔수선화가 가득 피어 있었다.

봄이구나, 하고 생각했다.

적갈색 구리 지붕과 조각을 새긴 원목으로 만든 영구차만 선명하게 보였다.

위패를 아버지에게 맡기고 한 발 앞으로 나가 고개를 숙였다.

빛이 아까보다 더 눈부셨고 목소리를 짜내려고 해도 다시 쑥 들어가버렸다. 서 있는데도 허공에 매달린 것처럼 비틀거렸다.

아내와 딸이 양쪽에서 부축해주었다.

아버지가 대신 인사를 했다.

"이렇게 모리 고이치의 장례식을 위해 모여주셔서 감사합니다. 고이치는 21년이라는 짧은 생애를 마감했습니다만 생전에 여러분의 도움을 받고 행복했습니다. 쓸쓸한 마음이지만 부디 앞으로도 지금까지와 변함없이 저희 가족과 잘 지내주셨으면 합니다. 장례식에 참석해주셔서 정말 감사합니다."

관이 집 밖으로 나오자 모두 염불을 외기 시작했다.

나무아미타불

나무아미타불

옛날에 이 지역에서 '가가 울음'이라며 업신여긴, 듣기에 따라서는 서글픈 가락의 연불이었다.

나무아미타불
나무아미타불

이민 온 지 삼대째가 되는 증조부는 아직 가가 사투리가 남아 있었다. 옛날에는 굴장 입관을 가마 들듯이 넷이서 들어 올리고 가믄 산 북쪽에 있던 화장터까지 염불을 외면서 장례 행렬을 따라갔재. 화장을 맡은 사람들이 말뚝을 교차시키고 위에 입관을 놓고 나믄, 장작과 짚을 올려놓고 불을 붙이고 잠도 안 자고 뼈만 남을 때까지 지켜봤고. 식구 뼈는 하나하나 손으로 주웠재—.

나무아미타불
나무아미타불
나무아미타불
나무아미타불

위패를 들고 영구차까지 짧은 행렬을 지어 걸었다.

이 고장에서는 남자가 태어나면 "위패 들어줄 아가 태어나서 다행이대이"라든가 "이 위패 들 놈아!"라며 놀리기도 한다.

위패 들어줄 아이가 없어졌다.

위패 들어줄 아이가 위패가 되어버렸다.

나무아미타불

나무아미타불

손…… 발……

손에는 위패를 들고 발은 영구차를 향해 걸어간다.

손도 발도 있지만 더는 아무것도 할 수가 없다.

나무아미타불

나무아미타불

슬픔에 휘둘리다 슬픔에게 모든 것을 빼앗겨버려……

나무아미타불

나무아미타불

손에도 발에도 아무런 감각이 남지 않았다.
그저 비몽사몽하면서 걸어간다.

나무아미타불
나무아미타불

1960년 2월 23일, 히로노미야 나루히토 친왕과 같은 날
에 태어나서 '浩'라는 한 글자를 따와 이름을 붙였다.
죽어서도 '浩'라는 한 글자는 남았다.
釋 順浩

나무아미타불
나무아미타불

고이치는 곧 영구차에 실릴 것이다.
영구차로 화장터까지 옮겨질 것이다.
고이치는 이제 곧 뼈만 남게 될 것이다.

나무아미타불
나무아미타불

나무아미타불

나무아미타불

영구차 문이 닫힌다.

경적이 울려 퍼졌다.

*

"딩동댕, 우에노공원 관리소에서 손님들께 당부 말씀을
드리겠습니다. 공원 내에서 걸으면서 담배를 피우시면 주위
분들에게 피해가 갈 뿐 아니라 매우 위험하오니 삼가해주십
시오. 담배는 재떨이가 있는 곳에서 피우시길 바랍니다. 여
러분의 많은 이해와 협조를 부탁드립니다, 딩동댕."

안내 방송이 나왔으나 막상 담배 연기는 용역꾼과 노숙
자들이 앉은 벤치 주변에만 자욱했다.

토목은 만 엔, 해체 일당은 만 엔에서 만 2천 엔, 전기공
이나 비계공 경험이 있으면 만 3천 엔부터 만 5천 엔의 일
당에다가 흥정을 잘하면 웃돈을 얹어주기도 한다. 위험한
일을 피하고 싶은 경우 운전면허증과 휴대전화만 있으면 일
용직 파견 회사에 등록할 수 있다. 빌딩에 입주하고 있는 회

사의 이사, 야외 행사장 설치와 철거 등으로 일당 6천 엔부터 만 엔을 받을 수 있는데 일용직 노동을 할 의욕이 있는 이들은 천막집을 치우고 간이 숙박소로 들어갈 테고 복지사무소를 찾아가 생활보호를 받을 수단을 모색할 것이다.

그러나 이 공원에 사는 이들은 대부분 이미 누군가를 위해 돈을 벌 필요가 없는 사람들이다. 아내를 위해, 자식들을 위해, 어머니, 아버지, 동생들을 위해 일해야 한다는 족쇄가 풀렸는데 자기가 먹고 마실 것만을 위해 일할 수 있을 만큼 일용직 노동은 만만하지 않다.

옛날에는 가족이 있었다. 집도 있었다. 처음부터 골판지와 비닐로 만든 천막집에 살던 사람은 없었고 자진해서 노숙자가 된 사람도 없다. 이렇게 되기까지 각각의 사정이 있다. 사채 이자가 눈덩이처럼 불어나 야반도주해서 행방이 묘연해진 사람도 있고 돈을 훔치거나 사람을 해코지해서 교도소에 들어갔다가 풀려 나왔어도 가족들에게 돌아가지 못하는 사람도 있다. 회사에서 잘리자 아내에게 이혼당하고 아이들과 집까지 빼앗겨 자포자기 상태에서 술과 도박에 빠져 무일푼이 된 사람, 직업을 전전하다 직업안정소를 열심히 다녀도 희망하는 일을 찾지 못하고 낙담한 나머지 빈껍데기가 되어버린 4, 50대 양복 차림의 노숙자도 있다.

구덩이였다면 기어 올라올 수도 있겠지만 절벽에서 발이 미끄러지면 두 번 다시 인생이라는 땅에 발을 디딜 수 없다. 추락을 멈출 수 있는 건 죽음뿐이다. 그래도 죽을 때까지는 살아 있어야 하니 근근이 용돈 벌이를 할 수밖에 없다.

가을이 되면 은행나무 아래에서 은행을 주워 씻어서 돗자리 위에 말려 팔기도 한다.

전철역 쓰레기통에서 만화 잡지나 주간지를 주워 헌책방에 가져가면 권당 수십 엔은 준다. 어렵고 딱딱한 내용보다는 젊은 여자의 비키니나 속옷 차림이 표지에 실린 주간지가 더 비싸게 팔린다. 비닐 돗자리 위에 잡지를 펼쳐놓고 주운 책을 직접 파는 이도 있지만 지역 폭력배들에게 자릿세를 뜯기는 경우도 있고 노숙자끼리 쟁탈전이 벌어진 찰나에 선로로 떨어져 전철에 치여 죽은 이도 있다고 한다. 한시라도 무언가를 소유하면 뺏길지도 모른다는 위험과 불안에 시달려 마음이 초조하다.

그런 점에서 그날 모은 분량을 그날 바로 돈으로 바꿀 수 있는 알루미늄 캔은 마음이 편하다. 회수용 비닐봉투를 들고 길거리와 가로수, 쓰레기통 속의 알루미늄 캔을 줍고 다닌다. 재활용업자에게 가져가면 하나에 2엔, 백 개에 2백엔, 천 엔 벌려면 5백 개, 2천 엔 벌려면 천 개—.

여기서 살기 시작한 67세 때부터 몇 번이나 이 동상을 올려다봤는지 모른다. 사이고 다카모리는 늘 몸은 아메요코 쪽을 향하고 눈은 마루이빌딩 쪽을 바라보고 있다. 오른손에 개줄, 왼손에 칼집을 잡고 있는데 오른손에 더 힘이 들어간 것처럼 보인다.

사이고 다카모리 옆에는 가고시마현의 상징 나무인 남미 원산 닭벼슬나무가 붉은 꽃잎을 떨어뜨리고 있다. 가지 끝에 이삭 모양으로 나온 꽃은 싸리와 닮았으나 남몰래 흰색과 적자색의 꽃을 피웠다가 비바람에 떨어지는 싸리 꽃의 초연한 분위기와는 달리 닭벼슬나무 꽃이 떨어진 곳은 혈흔이 번진 거적 같다.

닭벼슬나무 저편에는 쇼기타이◆ 대원들의 무덤이 있다,
시게가 알려주었다.

"사이고 다카모리 동상은 말이지요, 처음에는 황거 정원 내 광장에 설치할 계획이었는데 세이난전쟁 때 관군을 공격한 역적 동상을 황거 근처에 세우는 건 부적절하다는 의견이 나와서 이곳 우에노공원에 들어서게 되었답니다. 복장도 원래 육군대장 군복이었는데 지금처럼 평상복으로 바뀌었

◆ 彰義隊, 에도막부 쇼군 도쿠가와 요시노부를 경호하기 위해 결성된 부대. '쇼기'는 대의를 분명히 한다는 뜻이다.

어요.

사이고 다카모리 등 뒤로 쇼기타이 무덤이 있고 5분도 안 되는 거리에 시미즈관음당이 있는데 그곳에 우에노전투에서 관군인 나베시마번이 쏜 포탄을 보관하고 있으니, 여긴 정말 이상한 곳이지요.

쇼기타이는 에도막부와 도쿠가와 요시노부의 앞날을 염려한 유지들의 모임이었습니다. 첫 모임에는 겨우 열일곱 명만 모였는데 석 달 후에는 2천 명으로 늘어나 우에노산에 본진을 마련했어요.

에도 서민들은 쇼기타이 편을 들었던 모양입니다. 요시와라 유곽에서는 사쓰마와 조슈 사람들을 촌놈이라고 깔보고 '샛서방을 둔다면 쇼기타이 사람'이라는 말도 있었답니다.

도쿠가와 요시노부가 에도성을 내어주고 에도를 떠나자 쇼기타이는 대의를 상실했고 우에노대로에서 사이고 다카모리가 이끄는 사쓰마번과 조슈번을 주력으로 하는 관군이 쳐들어왔습니다.

전황은 일진일퇴였는데 결정타는 현 도쿄대학 혼고 캠퍼스 교내에 놓인 나베시마번의 암스트롱 포였다고 합니다. 시노바즈연못을 넘어 쇼기타이가 농성하고 있던 관음당에 떨어졌는데 그중 포탈 두 발이 목판화와 함께 관음당 경내에 보관되어 있습니다. 하지만 실제로는 불발탄이었던 거고 탄환이 날아오는 게 얼마나 선명하게 보였으면 쇼기타이 대원들이 '도망가라' '피해라' 하고 소리쳤다던 일화마저 있습니다.

목판화에는 전투로 인해 불길에 휩싸인 우에노언덕이 그려져 있기는 한데 이는 사실과 거리가 멉니다. 관군이 도쿠가와 집안과 인연이 깊은 우에노언덕을 철저히 무너뜨리려고 우에노대로에 있던 기름집에서 기름을 가져와 불을 붙이고 무고한 간에이지 건물까지 불태워버린 겁니다.

전사한 쇼기타이 대원들의 시신은 건물이 진화된 뒤에도 우에노언덕에 방치되어 비를 맞고 있었다고 하는데 보다 못한 미나미센주 엔쓰지円通寺의 승려 부쓰마와 상인이자 협객이었던 미카와야 고자부로, 이 두 사람이 죽음을 각오하고 우에노언덕에 구덩이를 파서 266명의 시신을 화장했다고 합니다.

그해에 말이지요, 백호대로 유명한 아이즈전쟁이 일어납니다. 도호쿠의 무쓰, 데와, 에치고 지역의 세력이 동맹을 맺고 전쟁을 일으켰는데 압도적으로 많은 관군을 당해내지 못하고 한 달에 걸친 농성 끝에 아이즈 쓰루가성은 적의 손에 함락됩니다.

그리고 10년도 안 돼서 사이고 다카모리의 고향인 가고시마에서 정부에 대한 반란이 일어나 그는 시로야마산의 동굴에서 자결하게 됩니다.

관군으로서 쇼기타이와 아이즈번을 격파했던 사이고 다카모리가 결국에는 역적이 되어 관군에게 토벌당한 후, 사이고 다카모리의 동상과 쇼기타이 무덤이 이곳 우에노공원 안에서 나란히 자리하고 있다니 정말 기이한 인연이랄까 운명이라고 할 수밖에 없지요.

가즈 씨는 후쿠시마 출신이었지요? 원래 에도시대에는 이 공원 전체가 간에이지 경내였어요. 간에이지는 덴카이가 창건했고 덴카이는 아이즈 다카다 출신입니다. 시미즈관음당 뒤에는 덴카이의 머리카락을 모신 탑이 있습니다. 덴카이가 우에노에 소메이요시노 벚나무를 심었는데, 소메이요시노는 막부 말에 생겨난 재배종이었지요. 그래서 이전의 우에노 벚꽃 풍경을 되찾자고 간에이지에서 벚나무 중에 좋은 게 있으면 접목할 나뭇가지를 나눠달라고 각 절에 부탁했다고 합니다. 중심가에 심은 건 요시노 벚나무, 도쿄미술관 입구에 있는 건 후쿠시마현 미하루마치 수양 벚나무입니다. 그리고 국립과학박물관 옆에는 이나와시로 출신인 노구치 히데요의 동상도 있어요."

여기는 우에노공원 안에서도 외부 소리가 가장 잘 들리는 곳이다. 알루미늄 캔으로 꽉 찬 쓰레기봉투나 주운 잡지를 실은 자전거를 끌고 걸어가면서 종종 사이고 다카모리 동상 앞에서 발을 멈추고 눈을 감았다.

자동차가 달리는 소리······ 엔진······ 브레이크······ 아스팔트 위를 미끄러지는 차 바퀴 소리······ 헬리콥터가 선회하는 소리······.

눈을 감으면 소리는 그 발원지를 잃고 퍼득거리기 시작하며, 나는 소리가 들어오는지 소리로 들어가는지 알 수 없게 되고 소리와 함께 흔적도 없이 하늘로 빨려 들어가는 기분이다.

그 소리······.

귓전에서 전철이 바람을 가르며 들어오고, 사람들이 내리고, 사람들이 타고, 전철이 출발하고 보이지 않게 되고 나서도, 빠앙, 덜컹덜컹, 덜커덩덜커덩, 달카당, 달카당, 달캉······ 두개골 안쪽에서 망치로 마구 두드리듯이······ 달, 캉, 달, 캉, 달······캉, 위잉, 따르르르르······ 소리에 고막이 찢어질 것 같아 자기 몸의 한구석으로 몸을 숨기듯······ 뿌쉬익, 끼익, 끼익, 끼, 익, 끼······익······ 두려움에 숨이 차입안은 바싹 마르고······ 덜컥······ 쉬익, 띠리리리리리, 덜컥…….

겉옷 주머니에 손을 집어넣고 떨리는 손으로 동전 몇 개
를 꺼내 자동판매기에서 탄산음료를 하나 사서 한 모금 마
시자 두려움은 사라지고 늘 보던 역사의 일상이 보이기 시
작했다.

탑승구에는 다시 줄이 생겼다. 음료수를 한 모금만 더 마
시고 쓰레기통에 버린 다음 노란 선에 다가갔다.

**"잠시 후 2번 승강장에 이케부쿠로·신주쿠 방면 열차가
들어옵니다. 위험하오니 노란 선 안쪽으로 물러나주십시오."**

한 발, 두 발, 앞으로 나아갔다. 모자를 눌러쓰고 있어서
내가 눈을 감은 걸 아무도 보지 못했을 것이다. 발바닥으로
시각장애인을 위한 점자 블록을 느끼면서 노란 선 위에 서
니 눈꺼풀 안 어둠 속에서 공포가 무럭무럭 퍼져나갔다. 하
이힐과 가죽 신발, 부츠, 장화 등 수많은 발소리에 섞여 휴
대전화로 이야기하면서 승강장을 걷는 사람의 목소리, 전철
을 기다리는 사람의 기침 소리가 들리고 그 하나하나에 귀
를 기울이고 있었는데, 빠앙, 덜컹덜컹, 덜커덩덜커덩, 달카
당, 달카당, 달캉…….

"도시락 뒷면을 보니까 유통기한이 오늘이라서 아차 했는데 모르겠거니 하고 가만히 있었거든요."

"응응."

"그랬더니 다음 날 회사로 메일이 왔어요……."

"좀 상한 것 같다고?"

"네……."

사이고 다카모리 동상과 쇼기타이 무덤 사이에서, 상복을 입은 회사원으로 보이는 남자 둘이 선 채로 이야기를 나누고 있다. 거즈 마스크를 쓰고 반백의 머리를 한 남자는 광장의 양지를 보고 눈을 가늘게 떴고 젊은 남자는 뒷짐 진 채 가방을 들고 다소 경직된 모양새다.

"그래도 솔직한 게 낫지. 아무 말 안 하는 것보다 똑바로 말해주는 게 맘이 편하잖아."

"냉장고에 넣지 않고 상온에서 하룻밤 둔 다음 날 아침에 먹었더니 쉰내가 막 나더래요. 하하하."

"근데 소비기한이 아니고 유통기한이잖아? 선선한 데 두면 괜찮지 않나? 전자레인지에 돌렸다가 그대로 잊어버리고 하룻밤 지났다면 모를까."

쇼기타이는 메이지 정부에게는 역적이었기 때문에 비석에 이름이 없지만 문 철책에는 '義' 자를 새긴 둥근 부조 장식이 달려 있다.

안내판에 의하면 쇼기타이 생존자들이 화장터가 된 이곳에 묘를 건립했고 이후 120여 년에 걸쳐 자손들이 묘를 지켜왔으며 지금은 역사적 기념비로서 도쿄도가 관리하고 있다는데, 헌화는 조화로 원래 색을 알아볼 수 없을 정도로 바랬고 줄기는 뚝뚝 꺾여 있다. 그리고 분향대에는 모기향 그릇이 방치되었고 반으로 자른 2리터짜리 페트병도 쓰러져 있다.

"요즘 여자친구가 참마 주아에 꽂혀서, 샐러드를 만들어도 참마 주아가 안 들어 있으면 뭐라 그래요. 참마 주아 왜 안 넣었냐고……."

"참마 주아? 요즘 사람 같지 않게 그런 걸 좋아하네. 아니, 참마 주아가 소금물에 삶으면 술안주로 그만이고 또 밥 지을 때 넣어도 꽤 맛있긴 하지."

"장어구이집에 데리고 갔더니……."

"음, 장어는 안 되지. 장어가 사라져버리니까 많이 먹지 마. 멸종 위기종인 데다 해마다 치어도 줄어들고 있으니까

알을 낳는 어미들을 한 마리라도 더 살려두지 않으면 사라
져버린다니까. 농담이 아니야."

"보통 덮밥 1인분에 장어 한 장씩이잖아요. 여자친구는
아무 말 없이 내 거를 찢어서 절반을 가져가는 거예요. 장어
라면 한 장 반은 먹어야 성이 찬다나요. 그러면 제 거는 밥
이 남으니까 산초 뿌려 먹어야 하고. 장어집에 가면 매번 그
런 식이에요."

"요새 장어구이가 2천 엔 정도 하나?"

"여차 친구는 3천 엔 하는 집을 가자고 해요."

"아이고."

"그래서 그런 덴 잘 못 가요. 제일 싼 게 3천 엔 하니까요.
그래서 '구스토' 같은 패밀리레스토랑에 데리고 가는데요."

"아, 구스토."

"그런 델 가면 밥이 원래 곱빼기로 나오는데 그걸 하나
더 시켜요."

"헉, 여자친구가 몇 살이지?"

"서른둘요."

"그럼 한창 먹을 나이는 아니란 말이지."

상복을 입은 두 사람은 천천히 걷기 시작했고 광장을 가

로질러 시미즈관음당 쪽으로 갔다.

광장 한가운데에서 회사원으로 보이는 여자가 상반신을 구부리고 몸에 짝 달라붙은 청바지 아랫단을 갈색 부츠에 집어넣고 있다. 어깨 정도 되는 머리카락이 얼굴을 완전히 덮고 부츠 바닥에서 학 같은 그림자가 뻗어 있다.

"여자친구 집에 가면 햄버거를 먹고 있을 때가 많아요."

"햄버거를?"

"아무튼, 항상 뭘 먹고 있어요. 초콜릿이라든가."

"초콜릿도 너무 많이 먹으면 안 된다던데?"

"뭐든 그렇지요. 전 단걸 먹을 때면, 예를 들어 딸기 맛 빼빼로 같은 건 기껏해야 여섯 개가 한계거든요. 근데 메이지제과에서 나온 판초콜릿 같은 건 먹어도 괜찮을 것 같고 조금씩은 먹는 게 좋다고 하잖아요. 너무 많이 먹지만 않으면."

"초콜릿은 안에 아몬드가 들어간 걸 먹어야 한다던데."

바람이 불고 빛과 그림자의 그물코가 풀어진 그늘에서 보조 바퀴가 달린 자전거를 탄 네다섯 살쯤 되는 여자아이가 튀어나와 햇빛 아래서 빙글빙글 원을 그리며 달리기 시작했다. 자전거 앞 바구니도 헬멧도 모두 분홍색이다.

"단 건 매일 먹어야 돼. 각설탕도 괜찮아, 각설탕이 제일 싸고 좋잖아."

"마시멜로예요."

"뭐?"

"여자친구는 마시멜로를 좋아해요."

"마시멜로는 물컹거리기만 해서 별론데. 요즘은 내가 정말 노인네 같다니까. 말린 정어리 있지, 술안주로도 나오는. 그런 것만 먹어."

"말린 정어리 최고지요. 전혀 노인네 같지 않아요. 이가 튼튼하신가 봐요."

늙은 여자 노숙자가 시미즈관음당 앞을 지나간다. 머리에는 수건을 쓰고 겨울 오버코트를 안전핀으로 배낭에 매달았다.

"마트에 말린 정어리가 없으면 딴 데 가서 찾는다니까."

"말린 정어리 파는 데가 잘 없지요?"

"몇 군데 돌아다니면 있어. 구하라, 그러면 얻을 것이다, 이거지."

사슬톱 소리가 들린다. 하늘색 크레인 앞에 달린 바구니에 탄 작업원이 아래쪽에서 지시하는 소리를 확인하면서 은행나무와 느티나무 가지가 터널처럼 교차한 부분을 베고 있다. 떨어진 가지들을 주워 묶거나 부스러기들을 대나무 빗자루로 쓸어 모으고 있는 작업원도 있다.

"말린 정어리는 칼로리가 별로 높지 않을 것 같고 몸에도 좋겠죠?"

"근데 염분이 꽤 많아. 나는 고혈압이 있어서 의사가 가공식품에 들어 있는 소금까지 포함해서 하루에 6그램 아래로 먹으라는데 소금 간이 심심하면 밥이 안 넘어가. 술안주로도 말린 정어리가 최고고."

"시샤모가 있잖아요."

"아, 시샤모……."

상복을 입은 두 사람은 스리바치산 입간판 앞에서 속도를 조금 올려 JR 우에노역 공원 출구 쪽으로 걸어갔다.

스리바치산 앞에는 입간판이 두 개 서 있다. 하나는 우에노경찰서의 "야간에는 출입을 금지합니다"라는 흰 바탕에 붉은색 글씨가 눈에 띄는 입간판, 또 하나는 스리바치산 유래에 대해 설명하는 다이토구교육위원회의 스테인리스 입간판이다.

  '스리바치산 고분―스리바치라는 이름은 이 산이 절구를 뒤집어놓은 모양을 닮았다는 데에서 유래한다. 이곳에서 야요이식 토기, 하니와의 파편 등이 출토되었고 약 1천 5백년 전 전방후원형식 고분으로 추정된다.'

스리바치산 위에는 원형 광장이 있는데 주위에 은행나무와 느티나무 같은 커다란 낙엽수가 우거져 있어 초봄부터 초가을까지는 안쪽이 잘 보이지 않는다.

줄기나 가지, 잎 사이로 보이는 것은 마사오카 시키♦가 대학생 시절에 우에노공원에서 친구들과 야구를 했다고 해서 '마사오카 시키 기념구장'이라 명명된 구장의 녹색 울타리―. 어린이 혹은 사회인 야구 시합이나 연습이 있는 날에는 선수들의 고함 소리, 야구방망이와 미트에 공이 부딪치는 소리, 관중석과 네트 뒤편에 있는 가족들의 응원과 환성이 흘러나오는데 오늘은 아무 소리도 들리지 않는다.

♦ 正岡子規(1867~1902), 메이지시대의 시인이자 국어학 연구가. 하이쿠, 단카, 신체시, 소설, 평론, 수필 등 다양한 작품을 남겼다.

듣는다.

말하는 일은 넘어지고, 헤매고, 빙 돌아가거나 막다른 골
목에 다다르곤 하는데 듣는 일은 직통이다—, 언제나 온몸
이 귀가 될 수 있다.

쓰ㅇㅇㅇㅇ 하고 나른한 울음소리가 들린다.

올해 첫 매미일지도 모른다.

털매미인가…….

매미가 아니라 귀뚜라미일지도 모르지…….

까악까악까악, 까마귀는 나무들 어딘가에 숨어 있고, 참
새는 광장 가운데 가스등처럼 생긴 전등 위에 세 마리가 앉
아 짹짹, 째잭, 째르르르르…….

사이고 다카모리 동상 쪽에서는 나뭇가지를 자르는 사슬
톱 소리가 여전히 들려온다.

마사오카 시키 기념구장 쪽에서는 예초기 소리도 들려온다.

방향이 일정치 않은 바람이 잎들 사이를 바스락거리며
빠져나간 뒤에 노숙자들의 텐트촌이 보인다. 사방이 녹색
울타리로 둘러싸이고 철망 부분은 비닐로 덮여 있다. 비닐
에 인쇄된 그림에는 갈매기와 적란운이 떠 있는 파란 하늘,
나무가 두 그루 있는 언덕, 굴뚝이 있는 빨간 지붕의 이층
집, 집을 향해 달음질하는 듯한 흰 개와 점박이 개가 그려져

있으나 사람은 단 한 명도 그려져 있지 않다.

조금 전까지 전등 위에 있었던 참새 세 마리가 이제 한 마리도 없다. 오늘이라는 하루에 매달리는 내가 누구인지 모르겠고 누군가와 시선을 나누고 싶다고 생각한다. 그것이 비록 참새라도—.

전등 바로 밑에는 갈색 포대가 입을 벌리고 그 옆에는 낙엽이 산더미를 이루고 있다. 이제 쓰레받기로 그러모아 포대에 넣기만 하면 될 텐데 빗자루도 없고 쓰레받기도 없고 사람도 없다, 없다, 없다, 없다…….

한 사람 있었다. 모양새도 크기도 꼭 석관을 닮은 돌의자가 원형 광장 바깥 둘레에 세 개 놓여 있고, 그중 하나에 머리가 벗어진 남자가 벌렁 누워 있다. 보라색 운동복에 베이지색 바지, 등 밑에 신문지를 깔고 가슴에는 녹색 점퍼를 덮었다. 양손은 명치께에서 깍지를 끼고 검은 가죽 신발을 신은 양발은 줄에 묶인 것처럼 바짝 붙이고 있다. 눈꺼풀도 입술도 목울대도 움직이지 않는다. 숨을 들이마시고 내쉬는 소리도 들리지 않으니 어쩌면 죽었을지도 모른다. 죽었다면 아직 시간이 많이 지나지 않았을 것이다—.

발밑에는 알루미늄 캔이 들어 있는 90리터짜리 반투명 쓰레기봉투가 놓여 있다. 3백 개는 들어 있으니 6백 엔 정도

될 것이다. 6백 엔 있으면 목욕탕에 갈 수도 있고 만화카페나 인터넷카페에서 샤워를 할 수도 있고 요시노야에서 따뜻한 소고기덮밥을 먹을 수도 있고 카페에서 커피를 마실 수도 있다.

하지만 이대로 가져가봐야 폐품 회수업자가 사줄 리 없다. 알루미늄 캔을 하나씩 망치로 두드려 찌부러뜨려야 한다. 겨울철에는 목장갑을 껴도 손이 꽁꽁 얼어 고단했고 여름에는 빈 캔에 남은 주스나 스포츠 음료의 냄새가 몸에 배어 지긋지긋했다.

집이 있는 사람들에게 들키지 않을 만큼 말쑥하게 입고는 있지만 알루미늄 캔을 모아서 먹고살고 돌의자 위에서 죽은 듯이 자는 걸 보면 이 남자 역시 노숙자일 것이다.

시게도 늘 말쑥하게 입고 다녔다.

그건 언제였을까. 추웠으니 겨울이었던 건 분명하다. 종일 빈 캔과 헌 잡지를 모으다 자전거를 끌고 천막집으로 돌아왔더니 평소에 술을 마시지 않는 시게가 "같이 한잔하시겠어요?" 하고 말을 걸어왔다.

"실례합니다." 구석에 고양이 전용 출입구가 있는 합판 문을 열어, 벗은 신발을 가지런히 모은 다음 안으로 들어갔다. 다른 사람의 천막집에 들어가는 건 처음이었다. "좁지만 편히 앉으세요." 시게는 평소와 달리 멋쩍어하며 키우던 고양이 에밀의 머리와 등을 쓰다듬었다. 시게도 손님을 초대하는 건 처음이었는지도 모른다. 에밀은 엉덩이를 높이 들어 꼬리를 철사마냥 빳빳하게 세워 목청껏 갸르릉 소리를 냈다.

벽에는 시계와 전신 거울에다 달력까지 걸려 있었다. 빨간색과 파란색 동그라미와 글씨가 적혀 있는 걸 보니 시게는 역시 꼼꼼한 사람이구나, 이런 형편이 되기 전에는 관청이나 학교에서 일했을 거라는 생각이 들었다.

"추우니까 데워서 듭시다." 시게는 휴대용 버너에 냄비를 올리고 페트병에 담아 둔 조리용 물을 부어 컵에 든 청주를 중탕했다.

책장은 주워 온 책들로 가득했으나 불이라고는 천장에 달린 손전등뿐이어서 책등에 쓰인 글씨를 읽을 수는 없었다. 읽을 수 있었다 한들 무슨 내용인지는 몰랐을 것이다.

"이런 것밖에 없네요." 시게는 땅콩과 말린 오징어를 접시에 담은 뒤, 갸르릉거리며 상 테두리에 이마를 비비는 에밀에게 말했다. "고양이에게 말린 오징어를 주면 못 일어선다는 건 미신이 아닙니다. 오징어와 조개에는 비타민 B1 분해효소가 들어 있어서 많이 먹으면 비타민 B1이 결핍돼서 다리가 휘청거리게 돼요. 가열하면 분해효소가 기능을 멈추지만 말린 오징어는 위에서 수분을 흡수해서 열 배로 부푸니까 소화에도 안 좋거든요. 토하거나 급성 위확장을 일으켜서 배앓이를 할 수도 있으니까 에밀에게는 좀 더 맛있는 걸 줄게요." 그리고 천장에 매단 장바구니에서 건사료 봉지와 참치캔을 꺼냈다. 에밀은 시계가 참치를 그릇에 담고 숟가락으로 섞자마자 냠냠 소리를 내면서 먹기 시작했다.

"고양이가 맛있게 먹는 모습만 봐도 배가 다 부릅니다. 저희 집은 고양이를 중심으로 돌아요. 현금이 들어오면 말이지요, 우선 고양이 사료를 사고 남은 돈으로 제가 먹을 것을 사거든요. 이 집은 사람이 둘이 있기엔 좁지만 사람 하나 고양이 한 마리 살기에는 충분합니다."

둘이 넋을 잃고 에밀을 바라보는 사이 냄비 물이 끓었다. 시계가 후다닥 술을 건지려고 했지만 너무 뜨거워 맨손으로는 무리였다.

"30에서 37도 정도가 맛있다고 합니다만 이건 너무 뜨거워서 입도 대지 못하겠군요……." 시계는 목장갑을 끼고 양손으로 술을 꺼내 컵의 뚜껑을 따주었다.

"그럼 한잔합시다."

"네, 그럼, 잘 마시겠습니다." 나는 스웨터 소매를 길게 빼 잡아 컵을 들고 파란 라벨 뒷면의 분재 사진을 본 다음 한 모금 마셨다.

"아, 뜨거워!" 시게가 말했다.

"날이 추워서 뜨거운 게 몸도 데워주고 좋겠네요."

술을 못한다는 말은 하지 않았다. 절반 정도 마시고 라벨의 'A Cup of Happiness'라는 글자가 수면 위로 나왔을 때, 배불리 먹고 털을 깨끗이 핥던 에밀이 시게의 무릎 위로 올라가 몸을 둥글게 말았다.

시게는 선뜻 꺼내기 힘든 말을 하려는 듯 가만히 고양이 등만 쓰다듬었다. 얼굴이 새빨간 걸 보니 시게도 술을 잘하는 편은 아니었을 것이다.

"오늘은 아들의 서른두 살 생일이에요. 마흔에 겨우 생긴 외아들이거든요……"

시게의 다음 말을 기다리는 시간이 길게 느껴졌다. 제한된 공간에서 서로 전혀 다른 72년을 살아온 사람과 얼굴을 마주한다는 것은 두려운 일이었다. 나는 프라이팬과 국자, 요리용 젓가락, 냄비 등이 매달려 있는 아마도 부엌으로 사용하는 구석 자리를 바라본 뒤, 골판지를 오려서 만든 창으로 시선을 피하고 적정 온도보다 훨씬 미지근해진 술을 입에 머금었다.

"헤어졌을 때 겨우 열 살이었는데 지금쯤 결혼해서 손자가 있을지도 모르겠어요……."

시계는 앞으로 한 발 나아갔다기보다는 한 발 뒷걸음질
친 느낌으로 입을 열었다.

"난 얼굴을 들고 다닐 수 없는 잘못을 저지르고 도망을
쳤습니다. 남겨진 아내와 아들은 분명 손가락질을 받으며
힘든 삶을 살았을 겁니다." 눈을 가늘게 뜬 시계는 갑자기
홀쩍 늙은 것 같았다.

시계의 이야기가 끝나기도 전에 컵이 비고 말았다. 마
실 게 없어지자 벌거벗겨진 듯한 불편함을 느꼈으나 나도
1933년생이며 일흔둘이라든가 내 아들은 살아 있었다면 마
흔다섯이 된다는 식의 고백은 일절 하고 싶지 않았다.

그저 술기운에 슬픈 감정 쪽으로 흘러가지 않도록 세심
한 주의를 기울였다.

버릴 수 없는 지나간 추억은 모두 상자에 담아 잠갔다. 상
자에 봉인을 한 건 시간이었다. 시간으로 봉인된 상자를 열
어서는 안 된다. 열자마자 과거로 굴러떨어지고 말 테니까.

"둘 다 나를 원망하고 있을 겁니다. 두 사람만 힘들게 한
건 아니지만요……."

귀에 들어오는 목소리는 고열에 시달리는 것처럼 느리고
힘이 없어서 시계가 말하는 것 같지 않았다.

"죽어도 고향에는 다시 못 갑니다. 신분을 알 수 있는 걸 가지고 있으면 연락이 갈 테니 그런 건 모두 처분했습니다. 죽으면 어디 무연고 무덤에 묻히겠지요." 휴, 하고 긴 한숨을 내쉰 후 시게는 등을 펴고 평소의 말투로 물었다.

"내일 태풍이 여기 간토 지방으로 접근한다는데 가즈 씨는 어디로 가실 예정인가요?"

"아니, 저는 천막집에 꼼짝 않고 있을 겁니다." 덩달아 나도 등을 펴고 말투가 정중해졌다.

그때 시게는 도서관에 가지 않겠냐고 제안했다. 쇼와거리를 이리야 방면으로 가다가 고토토이거리를 스미다강 쪽으로 가다 보면 다이토구립중앙도서관이 있다. 신문과 잡지를 읽을 수 있고 시청각 자료 코너에서는 헤드폰을 끼고 비디오와 레코드를 보고 들을 수 있는 데다 향토사와 문화재 관련 서적도 즐비했다. 아침 9시부터 저녁 8시까지 눌러앉아 있어도 아무도 뭐라 하지 않는다는 이야기였지만 술이 빈 컵을 쥔 시게의 긴 손가락에서 갈망 같은 것이 느껴져 두려워진 나는 글을 잘 읽지 못한다는 핑계로 거절한 뒤 시게의 천막집에서 나왔다.

시게는 누군가를 원했던 것 같다. 이야기를 들어줄 누군가의 귀를 원했을 것이다. 물으면 무엇이든 대답해주었을 것이다. 시계가 저지른 '잘못'에 대해서도 내가 진지하게 들을 자세를 보였더라면―, 혹은 데운 술을 한두 컵 더 마셨더라면―, 우리 사이에 우정 비슷한 것이 싹텄을지도 모르지만 남의 비밀을 들은 자는 자신의 비밀 역시 말해야만 한다. 비밀은 반드시 숨기고 싶은 일을 뜻하지는 않는다. 숨길 만한 일이 아니더라도 입을 다물고 말하지 않으면 그것은 비밀이 된다.

늘 여기 없는 사람을 생각하고 또 생각하는 인생이었다. 곁에 없는 사람을 생각한다. 이 세상에 없는 사람을 생각한다. 그것이 비록 내 가족이라 하더라도 여기 없는 사람을 여기 있는 사람에게 말하는 게 미안한 마음이 들었다. 여기 없는 사람에 대한 추억의 무게를 말을 함으로써 줄이기 싫었다. 내 비밀을 배신하기 싫었다.

시계의 천막집에서 술을 마신 그날 밤부터 한 달 뒤에 나는 사라졌다.

시계가 슬퍼했을까?

텐트촌 앞에서 허연 새집 같은 머리를 한 늙은 여자가 하이라이트 담배를 피우며 이야기하고 있었다. 시계가 천막집에서 차갑게 식어 있었다고―.

시게는 언제 죽고 어디에 묻혔을까? 시게의 천막집에 있던 책들은 누군가 헌책방에 팔았겠지만 에밀은 어디로 갔을까? 다른 천막집에서 키우고 있을까? 아니면 포획되어 보건소에서 안락사를 당했을까?

죽으면 죽은 사람과 다시 만날 수 있을 거라 생각했다. 멀리 떨어진 사람을 가까이서 볼 수 있고 언제든 만지거나 느낄 수 있을 거라 생각했다. 죽으면 무언가를 알게 될 줄 알았다. 그 순간 사는 의미와 죽어가는 의미가 보이게 될 줄 알았다. 안개가 걷히듯 또렷하게—.

하지만 어느덧 이 공원에 돌아와 있었다. 어디에도 가 닿지 못하고 아무것도 알지 못하고 무수한 의문들이 서로 부딪히는 나 자신을 그대로 남긴 채 생의 바깥에서, 존재할 가능성을 잃은 자로서, 그래도 끊임없이 생각하고 끊임없이 느끼면서—.

스리바치산 위, 원형 광장 돌의자 위에 누워 있는 남자는 아직 눈을 감고 있다. 어디선가 고양이 한 마리가 나타나 남자의 머리 부근에 있는 말뚝에 발톱을 득득 갈기 시작했는데 남자 귀에는 들리지 않는 모양이었다. 흰색과 검은색의 턱시도 고양이다…… 에밀은 줄무늬 고양이였다…….

서쪽 계단을 내려가자 공중전화 그늘에 교복을 입은 남

녀 학생이 있었다. 중학생 같지는 않으니 고등학생일까. 여
자애는 남자애가 검지로 볼을 찌르거나 머리카락을 만지는
동안에는 고양이처럼 가만히 있었지만 남자애가 등으로 팔
을 돌리고 얼굴을 가까이 대자 몸을 경직시키며 포옹에서
벗어나 책가방을 남자 쪽으로 바꿔 들고 걸어갔다.

공중전화 수화기와 버튼의 숫자를 바라본다.

기억 속에 남은 건 아내와의 통화가 끊기고 뚜 뚜 뚜 하
는 종료음이 들려와도 수화기를 귀에 꾹 눌러 대고 있던 내
손이었다. 고이치의 부고를 들은 그날—.

그날—, 시간은 사라졌다. 시간은 끝났다. 그런데 그때가
쏟아진 압정처럼 곳곳에 흩어져 있다. 그때의 슬픈 시선에
서 눈을 돌리지 못하고 그저 괴로워한다—.

시간은 사라지지 않는다.

시간은 끝나지 않는다.

미지근하고 축축한 미풍이 핥고 지나가듯이 불어오고 나
뭇가지들이 부드럽게 고개를 숙여 빗방울을 떨구었다. 땅거
미가 질 때까지 아직 시간이 남았는데 거리에는 인적이 뚝
끊겼다. 사슬톱과 예초기 소리마저 고요함의 일부처럼 들린
다. 갈수록 햇빛이 강해지고 나무 그림자도 짧아지고 있으
니 곧 장마가 지나가고 매미가 울기 시작할 것이다.

청바지에 흰 반소매 블라우스를 입은, 대학생으로 보이는 젊은 여자가 모퉁이에서 나타나 우에노모리미술관 포스터 앞에서 걸음을 늦추고 잠시 시선을 던졌다가 곧 우울한 얼굴로 역 쪽으로 사라졌다.

〈르두테의 장미展〉

큼직한 분홍색 장미 그림이었다. 양배추 잎처럼 겹겹으로 피는 꽃은 중심으로 갈수록 붉은색이 진해져서, 꽃잎으로 덮인 중심은 아마도 까진 무릎처럼 붉을 것이라고 상상하게 만든다. 노란빛이 도는 유연한 줄기와 아직 채 피지 않은 봉우리의 꽃받침에는 잔가시가 하나하나 그려져 있다.

모리미술관 로비에 있는 기념품 매장에서는 60, 70대의 여자들이 장미 그림이 들어간 손수건이나 동전 지갑, 엽서, 편지지, 부채 들을 구경하거나 손에 들어보거나 사고 있었다.

전시 작품은 19세기 초에 활약했던 르두테라는 프랑스 궁정화가의 장미 그림 169점이었다.

장미 그림을 무심하게 보면서 장미와 전혀 관계없는 이야기를 나누던 두 여자가 감상 순서를 표시한 화살표를 따라 느릿느릿 걷고 있다.

"요즘 들어 내 인생이 난리도 아니야."

"다케오 씨가 남은 못 들어가게 해서 그렇지."

"관리는 다 그이가 하니까. 내가 돌보는 것도 아니어서 권리도 없고, 병원에 입원시키려면 돈이 들고."

"분명 다케오 씨가 옳은 구석도 있지. 근데 사람이란 게 옳은 대로만 살 순 없잖아."

"본인에게 직접 물어보려 해도 말을 안 하니……."

"시댁은 결국 남의 집이잖아."

"그러니까 그이가 남은 못 들어가게 한다는데, 그러면 나도 남이냐고."

"남이지. 핏줄이 아니잖아."

Rosa gallica Purpuro-violacea magna, 주교 장미…… 한창 때를 지나 바깥쪽 꽃잎이 젖혀진 맨 앞쪽 한 송이는 검은빛을 띤 짙은 보라색이고 안쪽 막 피기 시작한 한 송이는 붉은 보라색…….

"나가노에는 이제 안 가?"

"야쓰가타케? 거긴 이제 안 가. 못 가지. 매년 그이랑 같이 갔었는데."

Rosa Pumila, 사랑의 장미…… 보라색을 띤 분홍 꽃잎 다섯 장 가운데에 노란 암술과 수술이 횃불처럼 빛난다…….

"치매가 아니라고 우기려고 일부러 나한테 전화한다니까."

"치매면 전화 못 하지."

"근데 이제 옛 모습은 찾아볼 수도 없어. 그런데도 입은 살아서 나를 어디 직원인 줄 아는지 어서 차를 가져오라는 식이야."

"인생이 참 어렵다."

"노망나면 주변 사람들이 힘들지, 정말."

Rosa gallica versicolor "Rosa Mundi", 프로방스의 줄무늬 장미…… 튤립 같은 홍백의 세로 줄무늬 꽃잎, 아직 덜 핀 가운데 꽃잎에는 수술 꽃가루가 붙어 옅은 노란빛을 띤다…….

Rosa gallica Regalis, 아랍 왕의 전통 옷…… 불규칙하게

물결치며 퍼지는 수많은 연분홍색 꽃잎은 봉긋하게 피어올라 꽃술은 숨어 보이지 않는다…….

"그이가 즉석 카레랑 스튜 세트를 보냈더라고. 무슨 생각일까?"

"오추겐♦치고는 아직 좀 이르고, 호적상으로는 아직 부부 사인데 오추겐을 보내는 것도 좀 웃긴다."

"사례 선물이라고 종이가 붙어 있었어…….'

"사례? 무슨 사례지? 다케오 씨도 이쯤에서 정리를 하고 싶은 걸까? 별거한 지 6개월이 다 돼가잖아."

"에스비에서 나온, 어디 레스토랑에서 나올 법한 거 알지?"

"'설 음식도 좋지만 카레도 좋아'였나?"

"그건 하우스에서 나온 카레 광고잖아. 뭐, 난카이해구니 수도권 직하형이니 하는 지진이 언제 일어날지도 모르니 비상식량으로 딱이겠다 싶었어."

"주먹밥이랑 궁합이 좋아."

"카레와 주먹밥이?"

♦ お中元, 한국의 추석 선물 같은 것.

"몰랐어? 맛있어."

Rosa alba Regalis, 붉게 상기한 처녀…… 흰색에 약간 분홍이 도는 색으로 중심을 향해 빨려 들어갈수록 색이 짙어진다…….

Rosa alba flore pleno, 요크 가문의 장미…… 순백의 장미 꽃잎이 진주 같은 광택을 내뿜는다. 해설 패널에 영국 장미 전쟁에서 요크 가문이 이 백장미를 문장으로 사용한 것으로 전해진다고 쓰여 있는데 입만 놀리는 두 여자는 흐릿하고 탁한 눈빛으로 장미 그림 앞을 그대로 지나간다.

"그래도 슬슬 타케오 씨랑 제대로 얘기를 해보는 게 좋지 않겠어?"

"우린 아들 내외랑 같이 사니까 손자들 눈치도 보여서 말이야."

"그야 손자들 앞에서 할 이야기는 못 되지. 아무도 없을 때 조용히 불러내든지 카페 같은 데 가서 이야기하든지 해."

"카페 같은 데서 그런 이야기 못 해…….."

"공원은 어때? 우에노공원 걸으면서 이야기하면 다른 사람 눈치 안 봐도 되잖아."

"공원에서? 학생도 아니고 민망하게."

"그럼 어떡해?"

"음, 그래도 집에서 해야겠지……?"

Rosa gallica flore marmoreo, 대리석 무늬의 프로뱅 장미…… 두 겹으로 된 오렌지와 분홍의 중간색 꽃잎 위에 아기 사슴 같은 흰 반점이 퍼져 있다…….

Rosa inermis, 가시 없는 소용돌이 장미…… 살구색으로도 분홍색으로도 보이는 애매한 색으로 꽃잎이 아무렇게나 벌어진 모습이 졸업식 때 교실 칠판을 장식하는 종이꽃을 꼭 닮았다…… 얇은 종이를 대여섯 장 겹쳐 지그재그로 접은 다음 가운데를 고무줄로 묶어 한 장씩 펴가는…….

고향인 야사와마을에는 장미를 재배하는 집이 없었다.

내가 처음으로 손에 든 장미는 '신세계'의 백장미였다.

도쿄에서는 정신없이 일만 하느라 술, 노름, 계집질 따위 한 번도 하지 않았다. 도쿄 여자랑 이야기하면 내 사투리를 비웃을까 봐 뭘 사러 가더라도 여자 직원하고는 변변히 말도 섞지 못했다.

카바레 '신세계'에 다니기 시작한 것은 고이치의 3주기

이후였으니 쉰 살쯤 되었을 때였던 것 같다.

그때는 히로사키공원 근처에 운동장을 만들고 있었다. 일이 끝나고 술집만 3백 곳 정도 쭉 늘어선 환락가를 걷고 있는데 '신세계'라는 분홍색 네온사인에 눈과 걸음이 멈추었다.

10년 전이었다면 믿기지 않는 일이었지만 나 혼자 가게에 들어가서 접수를 마쳤다. 진흙으로 더러워진 작업복을 입고 있었지만 냉대를 받지는 않았다.

소파에 앉아 호스티스를 기다리는 동안 재떨이 옆 작은 꽃병에 꽂힌 백장미 한 송이를 바라보고 있었다. 조화인가 해서 뽑아 향을 맡고 있을 때 "오래 기다리셨어요, 준코입니다"하며 호스티스가 옆에 앉았다. 서둘러 장미를 꽃병에 도로 꽂았더니 준코가 물었다. "장미, 좋아하세요?" 그 억양이 고향 사투리와 가까워서 나는 일부러 사투리로 대답했다. "아니 조화인가 싶드만 냄새가 안 나가." 존코는 허리까지 내려오는 풍성한 머리를 흔들며 웃고는 위스키 온더록스를 만들어주었다.

준코는 나미에 출신이었다. 우케도 항구 이야기와 소마노마오이 이야기, 그녀의 오빠와 남동생이 일한다는 원자력발전소에 대한 이야기, 하마도리에 관한 이야기를 떠들고 있는데, 그렇지 않아도 어두운 홀이 터널 안처럼 캄캄해지고 커다란 미러볼이 돌기 시작하면서 준코의 흰 얼굴과 부푼 가슴에 자잘한 빛을 반사했다. 육체노동을 하고 있으면 늘 쓰러지듯이 잠들어 꿈다운 꿈을 꾼 기억이 없는데 '신세계'의 준코는 꿈속의 여자 같았다.

"치크댄스 출래요?"

"춘 적이 없다."

"괜찮아요."

준코의 손에 이끌려 홀 가운데로 나갔다.

자홍색 양탄자에 발소리가 빨려 들어가 걷는 것 같지 않았다.

음악이 흐르고 있었지만 밤보다 고요했다.

귀를 기울이자 내 심장 소리와 그녀가 속삭이는 목소리가 들렸다. "저를 꼭 안고 팔을 등으로 돌리세요."

생전 처음으로 치크댄스를 추었다.

그녀의 눈이 촉촉했다.

그녀의 양손이 내 허리에 닿았다.

그녀의 머리카락이 간지러웠다.

그녀의 귀걸이가 흔들렸다.

그녀의 가슴이 부드러웠다.

그녀의 향수는 테이블 위 백장미처럼 바닷바람과 레몬이
뒤섞인 듯한 상큼한 향이었다.

온몸이 흔들렸다.

보트 위에서 흔들리는 것만 같았다.

흔들리면서, 해방감과 포용감을 동시에 느꼈다.

히로사키에 묵을 때면 꼭 '신세계'에 갔다.

언제나 준코를 지명했다. 실적 올려달라는 부탁을 받고
가게에 나란히 출근한 적도 있었고 가게가 끝날 때까지 기
다렸다가 준코가 사는 아파트 앞까지 택시로 바래다준 적도
있었지만 카바레 호스티스와 단골손님이라는 선은 지켰다.

60세 때, 타향에서 돈 버는 일을 그만두고 고향인 야사와
마을에 돌아가기로 했다.

이제 준코를 만나지 못하게 될 테니 마지막 날에 백장미
꽃다발을 들고 '신세계'로 갔다.

그녀 앞에 똑바로 서서 "안녕" 하고 꽃다발을 건네자 그
녀는 "고마워요" 하고 백장미에 얼굴을 묻었다. 그대로 짙은
향기 속에 갇힌 것 같았다. 슬픔이 북받쳐 올랐으나 울지는
않았다. 꽃다발에서 뻗은 창백한 오른손을 잡고 흔들자 뱀
처럼 구불댔다.

그리고 준코를 만난 적은 없다. 통화한 적도 편지를 쓴 적도 없다. 히로사키에 '신세계'가 그대로 있는지도 모르겠고 준코가 뭘 하는지도 모른다. 살아 있는지조차도…….

"너도 마음에 드는 화분 있으면 가져가."

"키울 여유가 없어. 손질을 해줘야 하잖아? 아, 도모코 말인데 아버지가 갑자기 돌아가셔서 정말 충격받았나 봐. 드러누웠다던데……."

"그래도 밖에 전혀 못 나갈 정도는 아니겠지."

"올해 동창회는 안 나올지도 모르겠다."

"아니, 도모코는 올 거야. 한 번도 빠진 적이 없으니까."

또 다른 두 사람, 이쪽도 역시 60대 전반의 여자들이 '백장의 꽃잎'이라는 뜻을 가진 센티폴리아 계열의 장미 그림을 보면서 수다를 떨고 있다.

마리 앙투아네트가 초상화 속에서 손에 든 장미로 유명한 센티폴리아 로즈는 '화가의 장미'로 불리며 르두테의 책에서 첫 장을 장식한다. 꽃잎이 너무 많아진 바람에 수술과 암술이 퇴화해 사라져버렸고 씨를 못 만들어 삽목이나 접목으로 번식시킬 수밖에 없는 큰 송이 장미—.

"콘솔이란 게 있잖아? 그 위에 올리면 어때?"

"다다미방은?"

"다다미가 중요한 게 아니라 불단은 불단 방에 놓아야지."

"불단 방이 어디 있어? 아버님이 돌아가셨을 때 시어머니가 그런 어마어마한 불단을 사 온 거라니까. 사고 나서 말하면 어쩌라는 거야 진짜."

"지진으로 흔들리기도 하니까 무서워 죽겠지."

"TV 옆에 놓을 수밖에 없겠다……."

"콘솔을 TV 옆에 놓으면 높이도 딱 맞을 것 같은데? 높이는 조절할 수 있으니까."

"우리 집에 쓸 만한 받침대가 있을지도 몰라."

"콘솔은 좋은 걸로 사."

"같이 가줄래?"

"내일?"

"그렇게 급하게 말고."

Rosa Centifolia Mutabilis, 무쌍 장미…… 불룩한 공 모양의 꽃은 백인 여성의 피부 같은 흰색이지만 바깥쪽 꽃잎은 볼연지를 찍은 듯 붉다…….

Rosa indica Cruenta, 핏빛 벵골 장미…… 초콜릿빛을 띤
붉은색, 지기 직전의 모습으로 꽃잎 몇 장이 개 혓바닥처럼
늘어져 있다…… 톱니가 두드러진 잎이 젖혀져 쥐색 뒷면이
보인다…….

Rosa indica, 벵골의 미소녀…… 붉은 봉우리가 터지면 농
담 있는 분홍색 꽃잎이 쏟아진다…… 잎은 가오리의 가슴지
느러미처럼 물결치고 아래쪽으로 향한 큰 가시는 핏빛…….

위패를 들어야 할 장남의 귀향을 기다렸다는 듯이 아버
지가 돌아가시고 어머니가 돌아가셨다. 두 분 다 아흔을 넘
으셨으니 천수는 누린 셈이다. 우리 집 무덤은 미기타하마
해변이 내려다보이는 언덕 위에 있다. 스물한 살 젊은 나이
에 죽은 고이치의 유골 단지 옆에 부모님의 유골 단지를 나
란히 놓았다.

결혼한 지 37년, 돈을 벌기 위해 외지에 가 있느라 아내
세쓰코와 함께 지낸 날은 모두 합해 한 해도 안 될 것이다.
세쓰코는 두 아이를 낳아 키우고 한참 어린 시동생들을 대
학에 보내고 딸 요코를 시집보내고 나이 든 부모님 수발을
들면서 밭에 나가고 그러는 사이에도 부지런히 돈을 모아주

었다. 국민연금도 매달 7만 엔씩 나오니 이제 죽을 때까지 마음 편하게 살 수 있겠다며 세쓰코와 의논해서 상한 지붕과 벽, 부엌과 욕실 등을 수리했다.

센다이에 시집간 요코가 낳은 손자가 셋, 여름방학과 겨울방학에는 며칠씩 놀러 왔다. 첫째 여자아이가 열네 살, 아래로 열한 살과 아홉 살의 아들 둘이어서 이웃들에게 딱 좋게 낳았다는 소리를 들었다.

막내 다이스케가 어린 시절의 고이치와 판박이였지만 세쓰코도 나도 그런 말은 꺼내지 않았다.

아침부터 비가 내리고 있었다.

19년 전, 고이치의 죽은 몸을 경찰서에서 부검하는 동안 세쓰코와 둘이 고이치가 3년 동안 살았던 목조 아파트로 가 고이치가 죽은 이부자리에서 아침까지 지냈던 그날의 일을 떠올리지 않을 수가 없었다.

두 집 건너 치요 할머니의 사십구재가 있어 세쓰코도 아침부터 준비하고 나갔다. 이럴 때는 이웃 여자들끼리 모여 제사 음식을 만드는 게 관례였다.

저녁에 상복으로 갈아입고 조문을 갔다. 쇼엔지 주지 스님을 선두로 불단 본존을 향해 합장한 다음 정토진종 신도

들이 아미타경과 염불, 경문을 외었다.

제주인 가쓰노부는 중학교 졸업 후 다른 졸업생들과 함께 우르르 상경하여 미쓰비시전기 오후나 공장에서 일했고 정년퇴직 후에는 혼자 사는 어머니와 같이 살기 위해 처자식을 남겨둔 채 귀향했다고 했다.

"어느새 사십구일이 지났습니다. 어머니는 말수가 많고 무슨 일이든 참견하는 걸 좋아하셨습니다. 그래서 저녁 식사를 할 때면 어머니가 없는 외로움을 더욱 느끼곤 합니다만, 여러분 덕분에 88년의 인생을 온전히 누리시고 정토로 왕생하셨을 테니 조금씩 마음을 가다듬고자 합니다.

제 가족이 가나가와에 있어서 집 정리가 끝나는 대로 돌아가야 합니다만, 앞으로도 제사를 지낼 때는 이곳에 돌아올 예정이니 여러분과 변함없이 잘 지냈으면 좋겠습니다. 소찬이긴 합니다만 시간이 되시는 한 마음 편히 드십시오. 오늘은 정말 감사합니다."

식사가 시작되어 조림 요리와 우엉볶음, 채소절임, 감자 샐러드, 오목밥으로 만든 주먹밥들을 먹으며 가쓰노부와 술잔을 주고받았더니 어느새 다리가 휘청거릴 만큼 취해버렸다. 어떻게 집으로 돌아갔는지 기억나지 않지만 저녁은 들지도 않고 그대로 세쓰코가 깔아준 이부자리에 들어갔다.

빗소리에 잠이 깨었다.

세쓰코는 늘 일찍 일어나 내가 눈을 뜨는 7시 무렵에는 빨래와 마당 청소까지 한바탕 끝내놓고 부엌에서는 미소된 장국과 밥 짓는 냄새가 흘러나왔다.

오늘은 아무 냄새도 나지 않는다…….

뚝, 뚝 하고 물받이에서 떨어지는 물이 튀는 소리가 들렸다.

빗발이 꽤 센 모양이다…….

눈을 뜨고 천장을 바라보았다.

커튼에서 새어 늘어오는 빛이 집 안을 비로 물들였다.

고개를 옆으로 돌리자 옆 이불에 세쓰코가 누워 있었다.

깨우려고 팔을 뻗었더니, 차갑다―.

만져진 건 이불 위로 빠져나온 세쓰코의 팔이었다.

깜짝 놀라 몸을 일으켜, 이불을 젖히고 몸을 흔들어봤지만 이미 사후경직이 시작되고 있었다.

고통스러웠는지 미간을 찌푸리고 눈을 꾹 감은 채였다.

"왜?" 입에서 목소리가 새어 나왔다.

심장이 날뛰고 휑해진 머릿속이 시뻘겋게 비추어졌고 나는 이게 꿈이 아닌가 하고 집 안을 둘러보았다. 모든 것이 그대로 제자리를 지키고 있었다. 현실이었다. 익숙한 벽시계 소리가 온 집 안에 퍼졌지만 너무 놀라서 몇 번 울렸는지 셀 수가 없었다. 문자판을 보자 짧은 바늘이 7을, 긴 바늘이 12를 가리키고 있었다.

"7시야." 나는 신음하듯 세쓰코에게 말했다.

문상객 받기, 장례식, 고별식, 발인, 화장, 유골 줍기, 환골법회♦, 사망 신고, 쇼엔지와 이웃들에 인사하기, 보험증 반납과 연금 수급 정지 등의 절차 밟기, 유품 정리, 사십구재 법회, 납골―. 내가 하는 일들과 나 자신이 계속 동떨어진 상태로 하나씩 하나씩 세쓰코의 죽음과 관련된 일을 처리해갔다.

묘비 아래 납골실 뚜껑을 열어 아버지와 어머니의 유골 단지를 조금 안쪽으로 밀고 앞쪽에 고이치와 세쓰코의 유골 단지를 나란히 놓은 순간, 씨이이이잉 씨이이이잉 하는 울음소리가 머리 위 소나무 어딘가에서 울려 퍼졌다.

매년 장마가 끝날 무렵에 성충이 되는 씽씽매미가 처음 우는 소리였다.

"여보, 내는 아무래도 매미가 우는 철에 죽을 것 같애요." 세쓰코가 죽기 며칠 전에 빨래를 개면서 했던 말이 생각나

♦ 還骨法要, 제단에 유골을 안치하고 독경과 공양을 하는 일.

바닥에 엎드려 울었다. 아프다고, 도와달라고 세쓰코가 나를 불렀을지도 모르는데ㅡ, 바로 구급차를 불렀으면 살았을지도 모르는데ㅡ, 나는 술에 취해 잠자느라 옆에서 세쓰코가 숨을 거둔 것도 몰랐다. 내가 죽인 거나 다름없다고 생각했다.

쇼엔지 주지 스님이 독경을 올린 다음 상주인 나부터 차례로 향을 피우고 납골식이 끝났을 때 큰처남인 사다오가 말했다. "아무리 후회해도 죽은 사람은 안 돌아와. 단둘이서 신혼여행 같은 생활을 7년이나 할 수 있었으니 세쓰코는 행복했을 기다." 그렇게 위로해주었지만 나는 머릿속에서 고이치가 죽었을 때 어머니에게 들은 말을 곱씹고 있었다. "지지리 복도 없는 자식아……."

허리가 아프다느니 다리가 아프다느니 하는 말은 했어도 일 잘하고 몸 튼튼한 것이 자랑이었던 세쓰코가 65세 나이에 죽다니ㅡ, 왜 이런 일만 당해야 하나ㅡ, 슬픔과 분노의 닻이 가슴 깊은 곳에 내려 더는 울 수 없었다.

딸 요코가 걱정해서, 하라마치에 있는 동물병원에서 간호사로 일하게 된 손녀딸 마리를 자꾸 내게 보냈고 마리는 결국 내가 걱정된다며 살던 목조 아파트에서 나와 아예 우리 집으로 이사를 왔다.

고타로라는 수컷 개도 함께 들어왔다. 허리와 얼굴이 길고 자주 짖는 갈색 소형견이었다. 동물병원 울타리에 쇠줄로 묶인 상태로 버려져 있었던 것을, 마리가 분양 전단을 만들어 동물병원 게시판에 붙였으나 키우겠다는 사람이 없어 자기가 데려오게 되었다고 했다.

마리는 착한 아이였다. 매일 아침 토스트를 굽고 계란프라이나 햄에그 같은 달걀 요리를 만들어주었다. 발치에 앉아서 기다리는 개 쪽으로 고개를 기울여 말을 걸고 웃는 모습이 사랑스러웠다. 아침 7시에 개를 차 조수석에 태우고 국도 6호선을 달려 하라마치로 나갔다. 밤늦게 돌아오는 일이 많아 점심과 저녁은 직접 해 먹었다. 밖에서 일할 때 기숙사 생활을 했으니 빨래와 취사 정도는 힘들지 않았으나 세쓰코가 죽고 나서 첫 오봉을 맞을 무렵부터 잠을 잘 수 없게 되었다. 고이치도 세쓰코도 잠에 목숨을 빼앗겼다—. 밤에 잠자리에 들면 양쪽 겨드랑이가 오싹해지고 침이 끈적이고 입안에 신물이 고였다. 온몸의 신경이 긴장해 영 잠들 수 있을 것 같지 않았다. 양손이 저려와 눈을 감고 호흡을 가다듬으려 했지만 눈을 감는 게 무서웠다. 귀신 같은 게 무서운 건 아니다. 죽음이, 내가 죽는 것이 무서운 것도 아니다. 언제 끝날지 모르는 삶을 사는 것이 무서웠다. 온몸을 누르는 그 무게에 저항할 수도, 그 무게를 견뎌낼 수도 없을 것 같았다.

비 오는 아침이었다.

"푹푹 찌네요." 마리가 방충망만 남기고 반쯤 연 창에서 습기를 머금은 바람이 빗소리와 함께 흘러들어 왔다. 비 냄새를 맡으며 마리가 만들어준 스크램블드에그와 토스트를 먹고 마리와 개를 현관까지 배웅했다. 막 스물한 살이 된 마리를 늙은 나와 이 집에 붙들어놓을 수는 없다고 생각했다.

"갑자기 사라져서 미안하다. 할아버지는 도쿄에 간다. 이 집에는 이제 돌아오지 않을 거다. 찾지 말아라. 매일 맛있는 아침밥을 만들어줘서 고마웠다." 그렇게 메모를 남긴 다음, 돈 벌러 나갈 때마다 썼던 검은 보스턴백을 벽장에서 꺼내와 자질구레한 물건들을 챙겨 넣었다.

가시마역에서 도키와선을 타고 종점인 우에노역에서 내렸다. 공원 출구 개찰구로 나오자 우에노에도 비가 내리고 있었다. 파란불이 깜박이기 시작해서 우산도 없이 횡단보도를 건넜다. 다 건넌 데에서 밤하늘을 올려다보았다. 굵은 빗방울이 하늘에서 떨어지는 게 보였고 비에 젖은 눈꺼풀이 떨렸다. 그날 밤은 도쿄문화회관 처마 밑에서 지내기로 했는데 규칙적으로 땅을 때리는 빗소리를 듣다가 피로와 졸음이 몰려와 어느새 가방을 베개 삼아 잠들었다.

태어나서 처음으로 노숙을 했다.

Rosa Multiflora Carnea, 뭉치로 피는 살색 장미…… 음악회에서 아이들이 울리는 방울처럼 작고 둥근 분홍색 꽃이 뭉쳐서 피고 꽃송이가 무거운 듯 고개를 떨구고 있다…….

Rosa Pimpinellifolia flore veriegato, 백 에큐 은화의 오이풀…… 줄기에 모충 같은 가시가 빽빽이 늘어섰고 가는 목을 자랑스럽게 뻗어 수술과 암술을 왕관처럼 머리에 썼다. 한 겹의 흰 꽃잎은 절반 정도가 피를 빨아들인 듯한 적동색…….

Rosa Dumetorum, 수풀의 장미…… 옅은 살구색 하트 모양의 꽃잎이 다섯 장, 번데기에서 나온 나비가 언제 날아오를지를 가늠하고 있는 듯하다…….

배경엔 아무것도 그려져 있지 않고 하얗게 비어 있다. 마당에 피었는지 화분에 피었는지, 맑은 날인지 흐린 날인지

비 오는 날인지, 아침인지 낮인지 밤인지, 봄인지 여름인지 가을인지, 장미가 핀 시기와 장소는 알 수 없다. 장미를 그린 르두테라는 화가는 170년 전에 죽었다. 그림 모델이 된 장미 나무도 이제 살아 있지 않을 것이다. 언젠가 어느 곳에 어느 장미가 피어 있었다. 언젠가 어느 곳에 어느 화가가 살아 있었다. 그리고 지금, 과거의 현실에서 소외된 종이 저편에서 이 세상에 존재하지 않는 상상 속의 꽃처럼, 장미는 피어 있다.

"그 비프스튜 가게, 저번에 갔더니 안 하더라고."

"화요일에 쉬니까."

"다음에 우리, 거기에 브렉퍼스트 같지 않은 브렉퍼스트 먹으러 갈까?"

"오늘 가면 어때?"

"미안, 오늘은 안 돼. 남편이 외식을 못 해서."

"그래? 우리 남편은 혼자서도 아무렇지 않은데. 밖에서 먹고 간다고 전화 한 통이면 끝이야."

"우리 남편은 안 돼. 회사 다닐 때도 매일 꼭 도시락을 쌌거든."

"힘들겠네. 그럼 슬슬 일어날까? 장 보러 가야지."

"재료는 냉장고에 있으니까 장은 안 봐도 되는데, 그래 슬슬 가야겠다."

"가자."

세쓰코가 죽었을 때와 비슷한 연배의 두 여자가 출구 쪽으로 걸어갔다.

*

또다시 날씨가 심상치 않다. 아니면 구름이 낀 것뿐인가—. 거리에 남아 있는 햇빛은 미미했고 두 여자가 모퉁이로 사라지자 풍경은 시작도 끝도 없는 것처럼 한없이 뻗어갔다.

오늘은 오늘일 뿐 더는 내일을 향해 열리지 않는다. 오늘에 숨어 있는 것은 오늘보다 긴 과거…… 과거의 기적에 귀를 기울이는 것 같기도 하고 귀를 막는 것 같기도 하다…….

불현듯 누군가의 한숨이 들려온다.

어디서 들어본 한숨이다.

한숨의 정체는 노숙자치고는 드물게 신세타령을 하고 눈물을 질질 짜는 50대 남자였다.

대학을 나와 부동산 회사에 취직했어요. 1억 가까운 리조트맨션 계약을 척척 따냈지요. 우리 회사에서는 기본급에 인센티브를 줬는데 한 달에 80만 엔을 넘을 때도 있었어요. 그런데 이 웬 날벼락일까요. 거품 경제가 꺼지고 3년도 안 돼서 회사가 망하고 퇴직금은 규정의 20퍼센트밖에 못 받아 집을 샀을 때 대출한 돈을 못 갚게 됐지요. 그럴 줄 알았다면 조기퇴직 모집할 때 받을 건 다 받고 재빨리 전직할걸 그랬어요. 회사에 대한 충성심하고, 불황이라 해도 그리 오래가지 않을 거라고 안일하게 생각한 게 치명타가 됐지요. 한 방에 나락으로 빠졌지 뭐예요. 그나마 아내가 함께 버텨주면 다시 일어날 수 있었을지도 모르지만 청천벽력, 믿는 도끼에 발등 찍힌 거지요, 아내가 이혼 서류를 내밀더라고요. 무슨 말을 어떻게 해야 할지 몰라 아무 말 없이 도장을 찍을 수밖에 없었으니 아마 부부관계는 거품 경제가 꺼지기 훨씬 전부터 파탄이 나 있었나 봐요. 평일엔 영업하느라 긴자나 롯폰기로 몰려 나가고 주말엔 접대 골프로 나가버리니 부부의 시간을 소홀히 한 벌을 받은 거겠지요. 아내는 원래 비행기 승무원이라 미인이었어요. 그만큼 자존심도 셌지만요. 결혼식 때는 이래 봬도 선남선녀 신랑신부라는 말을 들었어요. 호텔 오쿠라의 오차드룸에 180명을 초대해 피로연을 했는데 그게 인생의 절정이었을 줄이야⋯⋯.

한바탕 이야기하고 나면 진이 빠진 듯 한 점을 응시하면서 말을 이었다. 설마 내가 노숙자가 될 줄은⋯⋯ 지나가는 사람들이 더러운 거라도 보듯이 쳐다보고⋯⋯ 인생 밑바닥을 친 걸까⋯⋯ 이대로 길바닥에서 죽는 걸까⋯⋯, 그렇게 연달아 한숨을 쉬면서 맥 빠진 울음을 터뜨리는 게 다반사였다.

그 남자는 6개월 가까이 우에노에 있었는데 신주쿠 도야마 쪽으로 자리를 옮기겠다고 천막집을 정리하고 간 얼마 뒤 중학생들에게 맞아 죽었다는 소식을 들었다.

도쿄와 요코하마, 오사카에서 소년 그룹이 노숙자들을 습격하는 사건이 잇따라, 내일은 내가 당할지도 모른다는 불안감이 만연해서인지 그런 소문이 입에서 귀로 전해질 때마다 제각각의 공포로 부풀어갔다.

각목과 쇠몽둥이로 때리고 천막집에 불을 붙였다⋯⋯.

천막집에 폭죽을 던져 넣고 노숙자가 놀라서 뛰쳐나오면 돌을 던졌다⋯⋯.

천막집에 소화기를 분사하여 거품투성이로 뛰쳐나온 노숙자를 공기총과 간판, 쇠지레 등으로 뭇매질을 했다⋯⋯.

때리고 발로 차는 등 폭행을 가하고 노숙자가 널브러지

자 불꽃을 얼굴 가까이 대서 실명시키고 칼로 난도질을 했
다…….

「정리번호 국② 우에노온시공원 관리소

갱신기한 2012년 8월 말일」

텐트촌 노숙자들 짐이 파란 비닐 천막과 끈으로 소포처
럼 묶여 있고 자동차 번호판같이 짐마다 국④ 국① 서㉖ 등
⑰ 스⑤ 스⑪라는 번호가 붙어 있다. 공원 내 '영역'을 나타
내는 짐 조사표다. '국'이 국립과학박물관, '서'가 사이고 다
카모리, '등'이 우에노 도쇼구신사의 귀신등롱, '스'가 스리
바치산一, 나와 시게의 천막집은 '스'로 스리바치산 기슭의
나무 그늘에 있었다.

 • 항상 짐 바깥쪽에 잘 보이도록 붙여놓을 것.
 • 이 番号表(번호표)를 빌려주거나 讓渡(양도)하지 말
것.
 • 다른 사람의 짐을 保管(보관)하지 말 것.
 • 짐은 必要最小限(필요 최소한)으로 維持(유지)할 것.
 • 다음 更新(갱신)에 대해서는 2012년 8월에 公示(공

지)하겠습니다.

　한자 뒤에 한 번씩 발음이 들어가 있는 게 오히려 읽기 불편하다. 노숙자들은 초등학교 졸업 수준의 학력도 안 된다고 생각하는 모양이다.

　까악 까악 까악…… 텐트촌 나무 위에서 까마귀들이 서로 울어댄다. 천막집 안의 식량을 노리는 건지 근처에 둥지가 있는 건지, 가끔 울음소리가 그악스러워지면서 날갯짓 소리도 섞이는 것으로 봐서 까마귀끼리 싸우는 건지도 모른다.

　파란 비닐 지붕이 처져서 그 위에 며칠 동안 빗물과 낙엽이 쌓인 비교적 작은 천막집이 있다. 지붕이 평평하면 빗물이 고여 비닐 지붕이 상하고 천막집 본체를 이루는 골판지가 흐물흐물해져 빗물이 새기 때문에 지붕에 경사를 주는 게 철칙인데―.

　천막집 옆에는 자전거가 놓여 있고 자전거 앞 바구니와 핸들, 짐받이에는 옷걸이, 우산, 호스, 양동이 같은 일용품이 걸려 있다. 천막집 파란 비닐 천막을 묶은 밧줄에 끼워놓은, 발가락 모양이 손도장처럼 남아 있는 노란색 비치 샌들은 아동용이고, 천막집에서 삐져나온 대나무 빗자루에 널린 것은 여성용 속옷이었다.

파란 비닐 천막을 압정으로 발처럼 붙인 입구에서 나온 백발 머리는, 시계가 천막집에서 차갑게 식어 있었다고 말하던 늙은 여자였다.

여자는 갓난아기의 옹알이같이 빠빠빠빠 하고 입술로 소리를 내며 걸어나갔다. 오른발에는 가죽 신발, 왼발에는 흰 아디다스 운동화를 신었고 이번에는 운동화 끈이 제대로 묶여 있다.

하나조노이나리♦신사의 붉은 기둥문 밑을 흰색 요리사 모자를 쓴 남자가 잰걸음으로 달려갔다. 이 주변에는 음식점 인쇼테이, 우에노 세이요켄, 이즈에이 우메가와테이가 있으니 세 곳 중 하나의 요리사일 것이다.

늙은 여자는 요리사도 신사도 쳐다보지 않고 몸을 흔들면서 시노바즈연못으로 나가는 완만한 내리막길을 내려간다. 회색 오리털 점퍼 위에 분홍색 조끼를 겹쳐 입어 상반신은 커 보이지만, 치마는 천막집에서 벗었는지 하반신은 연보라색 바지만 입었다. 바지 왼편은 허벅지 위부터 찢어져 루스삭스를 신은 한쪽 다리가 노출되어 있다.

여자는 언덕 중간에 있는 기린 자동판매기 앞에 서더니

♦ 花園稲荷, 이나리는 오곡의 신.

주머니에서 50엔 동전 두 개와 10엔 동전 세 개를 꺼내 손바닥 위에서 센 뒤 그것을 꽉 쥐고 음, 음, 하고 중얼거리면서 자동판매기를 올려다보았다. 'COLD'라는 글자 밑의 버튼을 누른 다음 끙끙거리며 허리를 구부려 아미노산 음료 페트병을 꺼냈다.

늙은 여자는 꽤 무거운 듯이 오른손에 페트병을 들고, 표정을 읽을 수 없는 얼굴로 언덕을 되돌아갔다.

언덕을 다 내려가면 동물원 길이 나온다.

키가 크고 마른 노숙자가 리어카를 끌고 큰길을 향해 걸어간다. 알루미늄 캔으로 가득찬 90리터짜리 반투명 쓰레기 봉투를 여섯 개나 실었으니 하나에 6백 엔이면 3천 6백 엔은 될 것이다.

흰머리가 더 많은 머리를 고무줄로 뒤로 묶고 티셔츠는 연두색, 바지는 원래 회색이었으나 빨고 또 빨아 이제는 색이 다 빠져 새 양말의 검은색만 돋보인다.

시노바즈연못 입구에는 택시 승차장이 있고 정차대에 열 대쯤 줄지어 서 있다. 맨 뒤의 택시로부터 5, 6미터 떨어진 곳에 파란 비닐 돗자리가 펼쳐져 있고 알루미늄 캔 4, 5백 개가 놓여 있다.

차도와 보도를 나누는 울타리에 묶인 스무 개 안팎의 편의점 봉투에는 각각 정리된 생활용품이 들어 있는 것 같다. 울타리 망에 젖은 우산의 손잡이를 걸쳐놓고 대나무 빗자루를 세워놓기도 했다. 이불과 옷가지, 냄비 등의 전 재산을 실은 짐수레는 파란 비닐 천막으로 덮였고 카트 손잡이에는 밧줄과 목장갑, 식빵이 든 비닐봉투가 빨래집게로 꽂혀 있다.

울타리에 머리를 기대고 놓여 있는 알루미늄 캔 사이로 두 다리를 뻗은 노숙자는 바로 눈앞을 오가는 차들을 멍하니 바라보다가 어느덧 머리가 울타리에서 미끄러져 내리며 잠에 빠진 모양이다.

내가 이곳에 살던 무렵에는 이렇게까지 구석으로 내몰리지는 않았다.

우에노공원에는 커다란 간판 두 개가 새로 내걸렸다.

"세계유산 등재를 위하여! 국립서양미술관 본관이 유네스코 세계유산 후보에 추천되었습니다."

"지금 일본에는 꿈을 향한 힘이 필요하다. 2020년 올림픽·패럴림픽을 유치하자!"

세계유산 등재와 올림픽 유치를 심사하는 외국 위원들에게 노숙자들의 천막집이 눈에 띄면 감점 대상이 되는 걸까.

시노바즈연못은 우에노동물원 안의 '우노연못'과 연결되는데 출구 전용인 벤텐몬弁天門 블록 담장 위에는 가시 철조망이 쳐져 있다.

간혹 동물원 쪽에서 새 울음소리가 들려온다. 한 마리가 울기 시작하면 이어 따옥, 따옥, 끼룩끼룩, 개개개개, 찌르르! 찌르찌르, 찌르르! 찌르르! 하고 몇 종류의 새들이 갑자기 자제력을 잃은 듯 일제히 울기 시작한다.

철썩하는 물소리가 들려 수면을 보지만 거북이와 잉어 모두 얼굴을 내밀고 있어 누가 낸 소리인지 알 수 없다.

흰 집오리와 갈색 오리가 섞인 무리가 연꽃 사이를 누비고 지나간다. 부리를 등에 묻고 쉬는 오리, 상반신을 물속에 처박고 물구나무서기를 하는 오리, 날갯짓으로 물기를 터는 오리도 있다. 집오리인가 했는데 자세히 보니 노란 부리 끝이 갈고리처럼 구부러져 있다. 갈매기나 괭이갈매기라면 어느 바다에서 온 걸까⋯⋯ 이 부근이라면 하루미부두⋯⋯?

길게 뻗은 가지 끝이 연못에 잠겨 있는 수양버들 아래서 60대 전반쯤의 여자들이 울타리에 팔꿈치를 대고 수다를 떨고 있다.

"참새가 좀 줄어든 것 같지 않아?"

"참새를 잡는 직업도 있다던데."

"뭐? 진짜?"

〈르두테의 장미展〉에서 다케오 씨 이야기를 하던 여자들
이 틀림없다. 둘 다 검은 가죽 가방을 어깨에 걸어 메고 밤
색으로 염색한 짧은 머리에 컬이 강한 파마를 했다. 검은색
과 베이지색 바지, 흰색과 검은색 블라우스를 입었다. 키와
몸집, 옷차림까지 서로 비슷한 것이 자매나 사촌지간일지도
모른다.

그녀들 발치에서는 구구구구 하고 목 아래를 부풀린 수
컷 집비둘기가 암컷이 가는 길을 막고 빙글빙글 돌고 있는
데 두 사람은 건너편 부근만 바라보고 있다.

"참새구이도 있다잖아."

"어, 참새들이 돌아온 것 같아. 봐, 머리 위에!"

참새가 떼 지어 하늘에서 내려와 나무 위에서 두 갈래로
나뉘어서 수양버들과 그 옆 올벚나무에 앉았다.

"아이고, 똥 맞는 것도 싫고 비도 올 것 같으니 이제 갈까?"

두 사람은 이제 막 파란색으로 바뀐 횡단보도를 건너, 늙은 여자 노숙자가 아미노산 음료를 산 자동판매기가 있는 비탈길을 올라갔다.

흰 러닝셔츠와 검은 레깅스를 입은 까까머리 청년이 새빨간 운동화를 신고 비탈을 뛰어 내려온다.

젊은 사내는 덴류다리를 건너자 조즈야* 앞에 섰다. 국자를 오른손에 들고 '세심洗心'이라 새겨진 바위 수반에서 물을 떠 왼손을 적신 다음, 국자를 다시 왼손으로 들고 이번엔 오른손을 적신 뒤 마지막으로 입을 헹구었다. 그리고 벤텐도弁天堂 불전함 앞에서 손뼉을 두 번 치고 묵례를 한 뒤, 가쁜 숨으로 등을 들썩이며 빠른 걸음으로 벤텐도 주위에 있는 비석들 앞을 지나갔다. 안경 비석, 복어 공양비, 부채 묘, 자라 감사탑, 도쿄자동차 30년회 기념비, 진정한 우정의 비, 달력 무덤, 부엌칼 무덤—.

사내는 허리 가방에서 천 엔짜리 지폐를 꺼내 사무소에서 에마**를 사고 매직펜으로 소원을 써서 에마 걸이에 걸었다.

"감사합니다. 마라톤에서 무사히 완주할 수 있었습니다.

◆ 手水舍, 물로 몸의 부정을 씻는 것.
◆◆ 絵馬, 소원을 써서 봉납하는 나무판.

앞으로도 잘 보살펴주십시오."

청년은 얼굴에서 쏟아지는 땀을 수건으로 닦으면서 다른 에마에 쓰인 소원들을 읽어 내려간다. 젊을 때는 남들의 바람과 상실에도 무관심한 법인데 승부욕이 있어 보이는 일자 눈썹 아래 새까만 눈동자에는 관심이 뚜렷이 보였다.

"영어 학원에 학생들이 많이 모이고 잘 가르칠 수 있기를."

"앞으로 사이좋게 행복하게 지낼 수 있기를. 서로 도와주면서 쭉 함께할 수 있기를."

"7월 6일 오디션에 합격하기를."

"복권 당첨 감사합니다."

"무사히 이사할 수 있기를."

"가족 모두 건강하고 탈 없이 지낼 수 있기를."

"올해는 일본어교육능력 검정시험에 꼭 합격하기를. 열공하겠습니다."

"딸이 정신을 차리기를."

"반드시 스트레스를 활력소로 전환하겠다! 반드시 리더십이 강한 사나이가 되겠다! 반드시 초지일관하겠다!"

"올해는 꼭 야쿠르트구단이 우승하기를."

"아버지와 어머니가 회복하시기를."

에마를 한 차례 읽고 나자 사내는 두 손을 머리 위에 올려 깍지 끼고 하늘을 향해 몸을 쭉 폈다. 그러고는 빨간 운동화로 참배길 자갈을 튕기며 덴류다리 구석에 노점을 낸 오뎅집 앞을 지나 달려갔다.

"낚시 금지. 도쿄도"
"새, 고양이, 물고기에게 먹이를 주지 마십시오. 시노바
즈연못 벤텐도"

그런 입간판이 있는 덴류다리 남쪽, 벤텐도에서 시노바즈연못으로 나온 쪽의 철책을 따라 바닥에 골판지와 담요를 깔고 골판지로 둘러싸기만 한 노숙자 집들이 늘어서 있다. 시노바즈연못 주변에서는 텐트를 칠 수 없기 때문이다. 공원 관리가 느슨했던 시절에는 잉어와 오리를 잡고 모닥불을 둘러싸고 앉아 음식을 나눠 먹기도 했다지만, 지금은 경찰과 관리사무소에서 순찰을 돌고 시노바즈연못 근처에 사는 아파트 주민들이 다이토구청에 민원을 넣는다.

옆을 지나갈 때는 누구나 시선을 돌리지만 동시에 많은

사람들에게 감시당하는 존재가 노숙자다.

노숙자 집에 다가가자 고양이 오줌 냄새가 코를 찔렀다. 골판지 집에서 빨간 목줄을 맨 줄무늬 고양이가 나와 검은 우비를 뒤집어쓴 노숙자 발에 달라붙었다. 시게가 기르던 에밀을 많이 닮았다. 남자가 거칠고 굳은살 많은 손을 내밀어 '어홍아' 하고 부르자 야옹 하고 대답한다. "어홍이는 정말 착하네"라며 남자가 머리를 쓰다듬자 고양이는 배를 보이며 등을 구불거렸다.

바람이 불어 시노바즈연못에 잔물결이 일고 수양버들 가지가 산들산들 소리를 내자 연못 주변 산책로에 색색의 우산이 꽃을 피웠다.

"어홍아, 비가 오네."

에밀을 닮은 고양이의 주인은 하늘을 올려다보고 어깨를 움츠리며 말한 뒤, 초록색 우산을 펼쳐 골판지 위에 꽂았다.

"비 맞으면 감기 들어. 같이 들어가자."

주인이 고양이를 안고 우산 속으로 들어가자 고양이는 거끌거끌한 혓바닥으로 주인의 목울대 밑 팬 부분을 핥았다. 주인은 수염이 덥수룩한 입가에 미소를 띠우고는 상한 이빨을 드러내 보이며 "아이 간지러워!" 하고 웃었다.

비가 내린다―.

그날은 밤새 비가 내렸다.

새벽에 간헐적으로 빗줄기가 굵어지고 비가 천막집 파란 비닐 지붕을 때리는 소리에 잠이 깨었다.

양말 속까지 추위가 스며들어 두 발의 감각이 마비되었다.

거울을 보지 않아도 얼굴이 붓고 눈이 충혈된 걸 알 수 있었다.

죽을 곳을 찾아 우에노공원에서 며칠을 지내다 너무나도 지친 나머지 5년이나 이곳에 눌러앉았다.

겨울철은 힘들다.

밤에는 추워서 좀처럼 잠들지 못했고 낮 동안 천막집에서 나와 고양이처럼 햇볕을 찾아 선잠을 자는 나날은, 과거에 내가 가족의 구성원 중 하나였다는 사실을 잊어버릴 만큼 혹독했다.

그리고 그날은, 살아 있는 것 자체가 비참해지는 유독 힘든 아침이었다.

천막집 입구에 종이가 한 장 붙어 있었다.

다음과 같이 특별 청소를 실시하오니 텐트와 짐을 옮겨주십시오.

일시 2006년 11월 20일(월) 우천 시에도 진행

오전 8시 30분까지 현 장소에서 이동할 것

(오전 8시 30분부터 오후 1시 00분 사이에는 공원 내에서 이동 금지)

① 문화회관 뒤의 짐, 임시 집적장 강철판과 벚나무 가로수 거리 쪽 짐, 스리바치산 뒤의 텐트와 짐은 관리소 뒤 담장 앞으로 옮겨주십시오.

② 보드윈 박사 동상, 주악당, 구 동물원 정문, 쓰레기 집적장, 그랜트 장군비 부근의 텐트와 짐은 세이요켄 부근 귀신등롱 앞으로 옮겨주십시오.

③ 시노바즈연못, 보트 오두막 부근의 텐트는 시노바즈연못 중앙로로 옮겨주십시오.

④ 사이고 다카모리 동상 부근의 텐트는 JR 쪽으로, 짐은 예전에 텐트가 있었던 쪽에 옮겨주십시오.

⑤ 세이요켄 부근 나무들 주변에 있는 짐은 라바콘으로 명시한 위치보다 귀신등롱 쪽으로 옮겨주십시오.

⑥ 텐트와 짐을 치운 자리에 위험물(배터리, 쇠지레, 단관 파이프, 칼 등)이나 합판 등을 방치하지 마십시오.

우에노공원 관리소

그날은 노숙자 사이에서 '강제 퇴거'라 불리는 '특별 청소'가 있는 날이었다. 천황가 분들이 박물관이나 미술관을 관람하기 전에 천막집을 치우고 공원 밖으로 나가야 했다.

비가 내리고 있었다—.

이불에서 팔만 꺼내 시계를 얼굴 가까이 대어 보니 5시를 조금 넘긴 시각이었다. 환갑 기념으로 아내 세쓰코와 딸 요코가 센다이에서 사다 준 세이코 손목시계였다.

"인자 타향에서 사는 일도 없고 일이라고 해봐야 밭일 정도니 손목시계를 언제 본다고. 집에도 시계는 있는디." 나는 선물을 받는 데 익숙하지 않아 뭐라고 해야 하는지 몰랐다.

"뭐라도 몸에 지닐 수 있는 게 좋을 것 같아서 요코한테 물어봤더니 손목시계가 좋겠다고 하는 기라요. 그래가 둘이서 센다이 후지사키에 가가 당신한테 어울리는 손목시계를 골랐어예. 48년이나 타향에서 일하느라 고생했고 이제는 마음 편히 살 거니까 시간 따위 신경 쓸 거 없지만도, 당신은 자기 것이 하나도 없으니 말이야요."

그때 세쓰코는 붉은색인지 주황색인지 밝은 옷을 입고 있었다. 그 색깔과 숱 많은 흰머리가 무척 잘 어울렸다. 그 옷이 겨울철 스웨터였는지 봄철 남방 셔츠 같은 것이었는지는 기억나지 않는다. 세쓰코의 옷은 환한 등롱처럼 그 주변만 밝게, 기억 속의 손목시계를 비추고 있다.

시계를 상자에서 꺼내 손목에 차기 전에 괘종시계를 보았다. 손목시계보다 5분 빨라, 마침 대앵 대앵 대앵 대앵 대앵 하고 5시를 알렸다. "인자 저녁 준비를 해야재." 세쓰코가 일어서서 부엌 쪽으로 걸어가는 소리가 들렸다. 귀향한 지 6개월, 매일 아침저녁으로 같이 지내다 보니 눈에 보이지 않아도 집 안 어디에서 무엇을 하고 있는지 소리로 짐작할 수 있게 되었다.

손목시계의 검은 바늘을 가만히 들여다본다. 이 시계는 세쓰코가 선물해준 것인데 세쓰코가 남긴 유물같이 느껴진다. 그리고, 이대로 길가에서 쓰러져 죽었을 때 혹여나 내 신원을 알 수 있는 실마리가 되는 것도 이 시계일 것이다. 센다이 후지사키에서 두 모녀가 골랐다고 하니 요코는 이 시계를 기억할지도 모른다……. 실종자 수색을 요청했을까…… 야사와의 집은…… 손녀딸 마리는…… 허리가 긴 고타로는 아직 살아 있을까…….

일어나려고 뒤척이다가 다시 잠이 들어, 야사와 집의 나무 욕조를 짚신을 신은 채 넘어 창밖으로 나가려는 꿈을 꾸었다. 창틀에 한 발을 걸친 순간, 반대쪽 발 짚신이 물속으로 떨어지고 말았다. 자세가 불안정해서 돌아보고 모습을 확인할 수는 없지만 막 옷을 벗고 목욕하려는 세쓰코에게 소리쳤다. "당신이 잘 안 보고 있으니까 이런 일이 생기재! 물이 이렇게 더러워서야 어데 고이치랑 요코가 목욕을 하것나!" 그 목소리에 잠이 깼다. 순간 욕실에 자욱했던 김이 사라지고 여기는 우리 집도 아니고 세쓰코와 고이치도 이미 이 세상 사람이 아니라는 현실에 정신이 아찔해졌다. 꿈속에서 집에 갔다는 기는 실은 집에 가고 싶은 기 아이가……? 좀도둑같이 신발거정 신고 집에 들어가 욕실 창문으로 도망칠라 카다이……. 그렇게 세쓰코에게 화를 냈다는 건 갑자기 죽어버린 세쓰코를 아직도 원망하고 있다는 긴가……. 그러다가 파란 비닐 지붕을 뚫을 기세로 쏟아지는 빗소리를 들으며 손목시계를 보았다. 5시 반이다…… 이제 정말 준비를 해야재…….

그날은 11월 20일, 한 달에 다섯 번째로 '강제 퇴거'를 벌인 날이었다. 우에노공원과 그 주위에는 미술관과 박물관이 많아 천황가분들이 방문하시는 전람회나 행사가 잇달아 열리는 일도 있다. 우에노공원의 마사오카 시키 기념구장 앞 거리도 전용차 경로에 포함되는데 거리에서 보이지 않는 천막집까지 강제적으로 철거하는 걸 보니, 올림픽 유치를 계획하고 있는 도쿄도가 천황가 행차를 빌미로 우에노공원에 사는 노숙자 5백 명을 공원에서 쫓아내려는 모양이다. 그 증거로 천황가 사람들이 황거나 아카사카에 있는 황실 관련 시설에 들어간 이후에도 몇 시간이나 천막집을 세우지 못하게 하고 밤이 되어 원래 위치에 돌아가보면 출입금지 간판이나 울타리, 화단이 꾸며져 있어 노숙자들은 공원에서 쫓겨나 길거리를 헤매게 된다—. 그걸 알면서도 천황가 행차때는 비가 오든 눈이 오든 태풍이 다가오든 천막집을 치우고 공원 밖으로 나가야 했다.

시게가 알려주었다. "행행行幸이란 천황 폐하가 행차하신다는 뜻이고 행계行啓는 황후 폐하나 황태자 전하가 행차하신다는 뜻입니다. 두 개를 합해서 행행계行幸啓라고 하지요. 에밀, 내가 직소장을 쓸 테니 검은색 차가 오거든 '부탁드릴 말씀이 있사옵니다! 부탁드릴 일이 있사옵니다!' 하고 뛰쳐나가 직소를 해줄래? 에밀이면 경찰도 체포하지 않을 거야. '무릎을 꿇고 바라건대 밝은 지혜와 자비를 베푸소서. 신, 아주 통렬히 호소하옵니다. 2006년 11월 하찮은 신하 에밀, 황송하고 황공하옵니다. 성은이 망극하옵니다.'" 그렇게 말하며 시게가 에밀의 수염 주변을 간질이자 에밀은 몸을 쭉펴고 시게의 손가락 끝에 입을 비벼댔다.

천황가의 어느 분이 우에노공원을 지나가는지는 사전에 알려주지 않는다. 천황, 황후 두 폐하일 때도 있으면 황태자, 황태자비 두 전하일 때도 있고 후미히토 친황, 친황비 전하일 때도 있으며 그 외의 황족일 때도 있다. 공원 관리 사무소가 '특별 청소' 실시에 관한 금지 사항을 적은 종이를 천막집에 붙이는 것은 빨라야 천황가 행차 일주일 전이고 때로는 이틀 전일 때도 있었다.

천막집을 해체하고 철거하는 작업은 쉬지 않고 진행하면 두 시간 만에 마칠 수 있지만 다시 조립하려면 반나절은 각오해야 한다—. 그 시간과 노동력보다, 파란 비닐 천막을 치우고 지붕과 벽으로 삼은 골판지와 합판을 벗기면 한순간에 가재도구들이 쓰레기 더미로밖에 보이지 않는 것이 괴로웠다. 천막집을 만드는 건축 재료는 파란 비닐 천막이든 골판지든 한 번 누가 버린 것들로, 그것들로 집을 만들어 눈비를 막고 있으니 어쩔 수 없는 일이긴 하지만—.

그날은 아침 6시부터 해체 작업을 시작했다. 수레에 실은 가재도구에 비 막이 비닐을 씌우고 '스㉠'이라는 짐 조사표를 달았을 때는 8시가 지났다.

천막집이 있던 자리만 하얗게 말라 있었는데 비를 맞아 순식간에 검게 변하는 것을 지켜보다가 우산을 펴고 빗속을 걸어갔다.

어디로 갈지는 아직 정하지 않았다. 비 내리는 한겨울의
'강제 퇴거' 날은 모아둔 돈이 있으면 만화카페나 캡슐호텔
에서 샤워를 하고 자거나 사우나에서 휴일 같은 하루를 보
낼 수도 있었다. 역사 내 물품보관함이나 파친코 가게 무료
보관함에 귀중품만 넣어두고 야마노테선을 타고 빙빙 도는
방법도 있다. 승객이 적은 시간에는 난방이 되는 전철 안에
서 잘 수 있고 선반과 역내 쓰레기통에서 잡지를 줍고 다닐
수도 있다―.

하지만 그날은 며칠 전부터 몸이 시원치 않아 어쩌면 모
르는 사이에 큰 병을 앓은 게 아닐까 생각될 정도로 배와 등
이 아팠다. 빗속을 걷고 싶지 않았다. 가능하면 도롱이벌레
처럼 이불을 칭칭 감고 가만히 있고 싶었다.

―우산을 펴도 비가 옆으로 들이치고 얼굴과 어깨에 돌
팔매질을 당하는 것 같았다. 물방울이 눈꺼풀 위를 흘러 앞
이 잘 보이지 않았다. 개처럼 입으로 숨을 쉬면서 얼굴에 묻
은 빗물을 팔로 닦았지만 코트 소매도 이미 푹 젖어 있었다.
비는 목덜미에서 등으로 흘러내려 옷을 적시고 뒷덜미부터
올라온 한기가 두통으로 변해 서서히 퍼졌다. 더는 참을 수
없을 만큼 오줌이 마려웠다. 비틀거리며 쓰러지지 않으려고

온몸의 근육에 힘을 준 채 우산을 꼭 쥐고 한 발 한 발 공중 화장실로 향했다.

화장실에서 일을 본 뒤, 그럴 생각이 아니었는데 세면대 거울에 비친 내 얼굴을 보고 말았다. 젖은 머리가 두피에 달라붙어 있는데 이마와 정수리는 죄다 벗어졌고 조금 남은 머리카락에는 흰머리가 더 많았다. 나이는 머리카락뿐 아니라 온몸 구석구석까지 늙게 만든다. 옛날에는 이 정도 추위에는 까딱없었다. 열두 살 나이에 오나하마항에 돈 벌러 나가 배 안에서 먹고 잘 때도, 도쿄올림픽을 앞두고 토목공사를 할 때도, 아무리 추워도 어망이나 곡괭이를 쥐지 못하는 일은 없었다―.

젖은 코트 안에서 몸이 가늘게 떨리기 시작한다. 코트 깃을 세우고 앞자락을 여며도 떨림이 멈추지 않는다. 추위를 떨치기 위해 제자리걸음을 하자 빗물이 고인 신발에서 철벅철벅 소리가 나 신발 안까지 비가 스며든 것을 알 수 있었다. 도랑에 빠진 것도 아니니 신발에 구멍이 났는지도 모르겠다―.

공중화장실에서 나오니 빗줄기는 변함없었으나 하늘이 조금이나마 밝아진 느낌이었다.

편의점에서 파는 투명 우비를 입은 노숙자가 전 재산을

실은 짐수레를 양손으로 밀면서 공원 관리사무소에서 지정 받은 보관 장소로 이동하고 있다.

녹색 유니폼을 입은 청소 직원이 허리를 숙이고 웅덩이 속에서 쓰레기를 주워 비닐봉지에 담아 간다.

JR 우에노역 공원 출구 쪽에서 배낭과 악기 케이스를 등에 맨 젊은이들이 걸어온다. 우산 속에서 헤드폰을 끼고 음악을 듣거나 우산을 가까이 대고 담소하거나―. 우에노공원의 중심가를 직진해서 도쿄도미술관 옆을 지난 곳에 있는 도쿄예술대학 학생들일 것이다.

한 손에 우산을 들고 자전거로 공원을 가로지르는 남자―, 빗속에서 개를 산책시키는 여자도 있다. 주인과 같은 붉은색 우비를 입고 종종걸음으로 웅덩이를 피하며 걷는 개는 손녀딸 마리가 키우던 고타로와 같은 종류로 허리가 길쭉한 개였다. 그러고 보니 '고타로'라고 부르는 건 혼낼 때뿐이고 평소에는 마리도 나도 '고타'라고 불렀다. "고타, 앉아…… 손…… 아니, 그거는 밥 더 달라는 기고, 손이라면 이쪽 손을 올려야재…… 손…… 그렇지! 고타, 맛있재? 하라마치 이마노축산 멘치까스가 맛있재?"…… "할아버지, 고타에게 튀긴 음식 주지 마세요! 닥스훈트는 다리가 짧아서 살찌면 쉽게 허리 디스크가 오니까 몸무게 늘지 않게

조심해야 한다니까요. 고타, 할아버지 식사할 때는 옆에 가지 마, 알았지?"…… 그래, 고타는 닥스훈트라는 견종이었지…….

중앙도로를 걸어가자 공원 청소 회수차가 지나가면서 흙탕물을 튀겨 바지가 젖었다.

TOKYO METROPOLITAN SYMPHONY ORCHESTRA 라고 적힌 10톤 트럭이 정차한 도쿄문화회관 처마 밑에는 녹슨 파란 자전거가 세워져 있고 늙은 노숙자 한 명이 처마 바깥에서 접이식 둥근 의자에 앉아 우산을 쓰고 있었다. 무릎 위에는 몸집이 큰 흰 고양이가 몸을 둥글게 말고 누워 있다. 얼굴에 눈곱과 콧물이 붙었고 혀를 쭉 늘어뜨린 것이 이제 얼마 남지 않은 것 같았다. 자전거 옆 바닥에 펴놓은 또 하나의 우산 아래에는 식빵 가장자리가 뿌려져 있고 참새 몇 마리가 그것을 쪼아 먹고 있었다.

중앙도로인 우에노대로 쪽에서 기동대 인원 수송차를 선두로 폭발물 처리도구 운반차, 폭발물 처리차, 폭동 등의 현장을 촬영하여 증거 영상을 모으는 채증차 등 기동대 차량열 대가 대분수 앞 라디오체조 광장으로 모여들었다.

손목시계를 보니 8시 57분이었다. 기동대 차량이 대분수 앞에 차를 세우고 수송차 안에서 경찰관들이 내려오면서 차례로 우산을 폈다. 짙은 녹색 모자와 유니폼을 입고 고무장화를 신은 감식과 경찰견 부대 경찰관이 폭발물 탐지견인 저먼 셰퍼드에게 공원 내 모든 나무 밑을 냄새 맡게 하면서 걸었다.

9시 32분—, 노숙자의 퇴거 명령 시간을 한 시간이나 지나서 하나조노이나리신사 언덕을 내려와 시노바즈연못 덴류다리 가장자리에 섰다.

뚝뚝 비가 내리는 시노바즈연못 수면에 고리 무늬가 생겼다가 사라지고 생겼다가 사라지고—, 어디로 갈지 생각해보았지만 마치 몸의 축이 뽑힌 것처럼 어깨를 적시는 비 한 방울 한 방울에도 전율하듯 계속 몸을 떨었다.

불현듯, 시든 연꽃을 바라보는 내 시선을 막는 무수한 빗줄기가 커다란 장막처럼 보여—, 갈 곳 없이 막혀버린 내 생을 똑똑히 직면하는 느낌이 들었다. 오래전에 막을 내린 인생인디…… 왜 자리에서 일어나지 않는 기야?…… 이라다 어데서 뭘 더 보자는 건지…….

정신을 차려보니 메이지시대에는 경마장으로 쓰이고 메이지 천황도 관람하셨다는 시노바즈연못 주위의 산책로를 걷고 있었다. 도로 폭이 넓어 오가는 사람들의 우산과 우산이 떨어진 채로 스쳐 지나는, 고동도 호흡도 목소리도 들리지 않는 사람, 사람, 사람, 비, 비, 사람······.

비 오는 정월, 히요시신사의 돌계단을 오가는 고향 사람들이 우산을 기울이거나 좁히면서 우산 속에서 몸을 움츠리고 "새해 복 많이 받으세요, 올해도 잘 부탁드려요" 하고 연초 인사를 나누는 풍경을 좋아했던 것이 기억났다. 시간이 지나고 여러 일들이 지나갔으니 그 자리에서 나도 사라져버리면 될 텐데, 남아서······ 미련을 버리지 못하고······.

백 엔짜리 새빨간 물품보관함이 보였고 노숙자들 사이에서 '관능 영화관'이라고 불리는 우에노 스타무비 간판 위에 시선이 멎었다. 한 건물에 일본 영화 두 편을 동시 상영하는 스타무비, 야한 영화 전문인 일본명화극장, 게이 영화 전문인 세계걸작극장이 들어서 있다.

5백 엔으로 표를 사면 마지막 상영이 끝나는 아침 5시까지 난방이 되는 영화관의 폭신한 의자에서 잘 수 있으니 한겨울의 비 오는 날에 벌어지는 '강제 퇴거' 때는 '관능 영화관'을 이용하는 이가 적지 않았다.

극장에 들어가보니 뒤편 네다섯 석에 사람이 있었다. 모두 노숙자였으나 나처럼 스리바치산에 사는 사람은 보이지 않았다. 우에노공원 안에서도 거주하는 지역마다 영역이 나뉘어 있다. 지나가다 이야기를 나누거나 술을 마시는 교류

뿐 아니라 아파서 쓰러지지 않았는지 천막집을 찾아오거나 외부에서 침입자가 접근하지 않는지 눈을 번득이는 정도의 느슨한 동료 의식이 존재한다.

맨 앞줄 가운데 자리에 몸을 파묻고 스크린을 보았다. 영화 제목은 '부부교환—자극에 목마른 왕가슴 아내'였다. 평소에는 눈을 감자마자 잠이 들곤 했는데 그날은 그렇지 않았다. 잠을 밀어내는 무언가가 내 속에 있었다.

뒤에서 코 고는 소리가 크게 울리고 술을 마셨는지 청주 냄새도 진동했다. 좌석에 머리를 기대고 좌우로 바동거리며 중간중간 "이놈!" "멍청이!" "꿰져버려!" 하고 욕을 하는 이도 있었다. 보는 사람이 아무도 없어도 영사기는 돌아가고 스크린에는 영화가 비추어지고 있었다.

—성인용품 판매회사에서 영업사원으로 일하는 남편은 사용감을 알고 싶다며 아내에게 자기 회사 바이브레이터를 써보라고 한다. 바이브레이터를 써본 아내는 남편의 몸을 원하지만 남편은 일에 열중하여 응해주지 않는다. 한편 남편의 직속 상사의 아내도 욕구불만에 가득 찬 나날을 보낸다. 출근하는 남편을 보내고 난 두 아내는 권태기에 빠진 부부생활에 대한 고민을 서로 털어놓고 남편을 맞바꾸자는 아이디어를 떠올린다—.

화면에는 벌거벗은 남녀가 뒤엉키는 장면이 나오고 나는 이제 내가 뭘 보고 있는지 알 수 없는 지경에 이르렀다. 눈 안쪽이 욱신거리고 바깥이나 천막집에서는 느끼지 못했던 내 몸의 쉰내가 코를 찔렀다. 오한이 들고 땀구멍이란 땀구멍에서 질근질근 식은땀이 배어 나오며 시큼한 위액이 올라와 입안에 번졌다. 트림 한 번에 그대로 토해버릴 것 같아 허리를 숙인 채 자리에서 일어나 극장 밖으로 뛰쳐나왔다.

빗줄기는 이제 우산으로 얼굴을 가린 행인 한 사람 한 사람에게 옆에서 조용히 말을 거는 듯한 가랑비로 변했지만 눈으로 바뀌지 않는 것이 이상하리만치 추웠다.

—걷고 있었다. 추위와 두통이 몸을 죄어오고 내가 나 자신에게서 밀려나버릴 것 같았으나 다리만큼은 앞으로, 앞으로 내밀었다. 확실히 정한 건 아니었지만 시계가 간다고 하던 도서관을 향하고 있었던 것 같다.

횡단보도를 건너려다가 신호등이 빨간색으로 바뀌었다. 환갑 선물인 손목시계를 보니 12시 29분—, '특별 청소' 알림 종이에는 "오전 8시 30분부터 오후 1시 00분 사이에는 공원 내에서 이동 금지"라고 쓰여 있었다. 이동 금지 시간보다 일찍 돌아간 적은 없다. 하지만 돌아간들 누가 불편해한단 말인가. 무언가를 위반하는 일일까? 무언가를 해치고 어기게 되는 걸까? 누가 곤란해지고 누가 화를 내는 걸까? 나는 나쁜 짓을 하지 않았다. 단 한 번도 남에게 손가락질당할 짓을 한 적이 없다. 다만 익숙해지지 못했을 뿐이다. 어떤 일이든 익숙해질 수 있었지만 인생에만은 그러지 못했다. 삶의 고통에도, 슬픔에도…… 기쁨에도…….

중앙도로 고가 밑을 지나 에스컬레이터를 타고 올라가니 2000년에 판다다리가 개통되면서 만들어진 우에노역에서 가장 새로운 개찰구가 보였다. 판다다리 개찰구 옆에는 투명한 아크릴판 케이스 안에 높이 3미터의 자이언트판다 인형이 들어 있다. 판다다리 위를 사람들이 드문드문 오갔다. 지나가는 사람들의 다리와 물웅덩이만 보이는 것으로 보아 나는 등을 구부리고 고개를 숙여 걷는 모양이다. 나쁜 일을 저지르고 끌려가는 죄수처럼ㅡ.

비둘기가 1미터쯤 앞 난간에 앉아 목을 빼고 이쪽을 보고 있다. 사람들 시선을 받는 데에 익숙한 듯 발치에 내려온 비둘기는 곧 밟힐 거리까지 내가 다가가도 몇 발자국 옆으로 비킬 뿐, 날아가려고 하지는 않았다. 노숙자가 식빵 가장자리를 주면서 길들였는지도 모른다ㅡ. 맑은 날에는 노숙자들이 철로 위 구름다리 철책에 기대 밥을 먹거나 잠을 자기도 하는데 오늘은 한 사람도 없다.

물웅덩이에 검은 BB탄이 하나 떨어져 있는 게 보인다. 어떤 아이가 길가에서 자는 노숙자를 공기총으로 쏜 것일까―, 승강장에서 전철을 기다리는 승객을 노리고 쏜 것일까―.

구름다리 밑에는 우쓰노미야선과 도호쿠선, 다카사키선, 도키와선, 조에쓰선, 게이힌 도호쿠선, 야마노테선 내선순환과 외선순환 승강장이 줄지어 있다.

판다다리 위에서 노숙자가 선로에 뛰어들어 자살했다며 경찰이 스리바치산 텐트촌에 조사하러 온 적이 있다. 그 남자의 천막집은 국립과학박물관 텐트촌에 있었다는데 본명과 출신지 등 신분을 알 만한 유품이 하나도 없었고 말을 나누는 동료도 없었다고 한다. 그가 우에노온시공원 밖에서 살았던 흔적은 발견되지 않았다―.

판다다리를 건너 계단을 오르면 우에노공원이다. 폴리스라인도 없고 안내 방송도 없었다. 공원에는 평소와 다름없는 일상이 흐르고 있었다. 회사나 학교를 가기 위해 매일 같은 시간에 이 공원을 지나는 사람들도, 벤치에 노숙자가 앉아 있지 않고 파란 비닐 천막이나 골판지로 만든 천막집이 철거된 사실은 아마도 알아채지 못할 것이다. '특별 청소'의 대상은 그들의 집이 아니고 철거되는 것은 그들의 집이 아니기 때문이다.

그들은 알아채지 못할 것이다―. 마사오카 시키 기념구장 앞에서 젊은 남자에게 불심검문을 하는 경찰관들, 사복과 경찰복 반반쯤으로 중심가에 따라 대기하고 있는 경찰관들, 국립서양미술관 옥상에서 아래를 감시하고 있는 사복 경찰들, 공원 위를 저공비행으로 선회하는 헬리콥터도―.

도쿄문화회관 앞에 사복 경찰들이 모여들어 행인들의 왕래를 막기 위해 검은색과 노란색의 줄무늬 줄을 치고 역 쪽에서 걸어오는 사람들과 동물원 쪽에서 걸어오는 사람들에게 설명하기 시작했다.

"앞으로 10분 동안 통행을 금지합니다. 급한 분들은 공원 바깥쪽으로 돌아가주십시오."

행인들이 접은 우산을 든 것을 보고 비가 그친 것을 안 나는 우산을 접고 손목시계를 보았다.

―12시 53분이었다.

"무슨 일이에요?"

청바지에 더플코트를 입은 대학생으로 보이는 남자가 양복 차림의 형사에게 물었다.

"지금부터 천황 폐하께서 타신 차가 지나갑니다."

형사라기보다는 노점 철판에서 볶음면을 만드는 게 더

어울릴 것 같은 각진 스포츠머리 땅딸보였다.

"어, 잘 왔다! 천황 폐하를 직접 보겠네!"

"진짜? 천황 폐하라고?"

"어머! 천황 폐하래! 언제 또 보겠니, 우리 보고 갈까? 금방 오나요?"

"곧 오십니다."

"어머머! 핸드폰! 사진 찍어서 엄마한테 보내줘야지."

"차 어느 쪽에 천황 폐하가 타나요?"

"이쪽입니다. 저쪽에는 황후 폐하가 타셨습니다."

"응? 왜 이런 데를 천황 폐하가 지나가나요?"

"일본학사원에서 열린 일본예술진흥회 국제생물학상 수상식에 참석하셨습니다."

국립과학박물관 쪽에서 선도하는 경찰 오토바이가 나타났고 손목시계를 보니 1시 7분이었다.

경찰 오토바이 뒤를 검은 차량이 따랐고 천황 폐하께서 타신 차가 다가왔다.

주황색 바탕에 열두 잎의 국화 문양이 들어간 '천황기'를 차 보닛에 내건 도요타 센추리 로열이었다. 번호판 부분에도 금색 국화 문양이 박혀 있다.

뒷좌석─, 형사가 설명한 대로 운전석 뒤에 천황 폐하, 조수석 쪽에 황후 폐하가 앉아 있었다.

우연히 그곳을 지나가던 서른 명쯤 되는 인파가 천황 폐
하의 차량을 향해 손을 흔들거나 휴대전화를 갖다 대고 떠
들썩해졌다. "진짜다!" "엄청 가깝다! 2미터도 안 되지 않
아?" "텔레비전 보는 것 같아!"

시속 10킬로미터로 서행하던 차가 천천히 걷는 정도로
더 속도를 늦추고 뒷좌석 차창이 열렸다.

손바닥을 이쪽으로 향해 손을 흔드는 것은 천황 폐하였
다.

전철역 쪽 사람들에게 손을 흔들던 황후 폐하도 좌석에
서 몸을 일으켜 이쪽을 향해 고개를 숙이며, 손가락을 서로
꼭 붙인 손바닥을 흔들었다. 황후 폐하가 입은 옷은 흰색과
담홍색, 연분홍과 꼭두서니빛의 자잘한 단풍잎이 어깨에서
깃으로 흘러내리는 회분홍색 기모노였다.

바로 코앞에 천황, 황후 양 폐하가 계신다. 두 분은 온전
히 온화함만을 띠운 눈빛으로 이쪽을 보며, 죄와 부끄러움
과는 무관한 입술로 미소 짓고 계신다. 그 미소에서 두 분의
마음을 읽어낼 수는 없다. 하지만 정치가나 연예인처럼 속
마음을 감추는 듯한 미소는 아니었다. 도전하거나 욕심내거
나 방황하거나 하는 일을 한 번도 경험한 적이 없는 인생―,

내가 살아온 세월과 같은 73년 전—, 같은 1933년 출생이
니 틀릴 수가 없다, 천황 폐하는 곧 73세가 되신다. 1960년
2월 23일에 태어나신 황태자 전하는 46세—, 고이치도 살아
있었다면 46세가 된다. 히로노미야 나루히토 친왕과 같은
날에 태어나서 '浩'라는 한 글자를 따와 고이치라 이름 붙인
맏아들—.

　나와 천황 황후 양 폐하 사이를 갈라놓은 것은 고작 줄 하
나다. 뛰쳐나가면 경찰들에게 제압당하겠지만 그래도 이 모
습을 봐주실 것이며 무언가 말을 한다면 들어주실 것이다.

　무언가—.

　무언가를—.

　목소리는 텅 비어 있었다.

　나는 일직선으로 멀어져가는 차를 향해 손을 흔들고 있
었다.

　목소리가 들렸다—.

　1947년 8월 5일, 하라노마치역에 정차한 특별열차에서
양복 차림의 쇼와 천황이 나타나 중절모 차양에 손을 대고
고개를 숙인 순간 "천황 폐하, 만세!"라 외치던 2만 5천 명
의 목소리—.

서른 살에 도쿄로 돈벌이를 하러 가기로 마음을 먹고 도쿄올림픽 때 사용할 경기장 건설 공사장에서 막노동을 했다. 올림픽 경기는 하나도 보지 않았지만 1964년 10월 10일, 기숙사로 쓰던 조립식 건물의 세 평짜리 방에서 라디오로부터 흘러나오는 쇼와 천황의 목소리를 들었다.

"제18회 근대 올림피아드를 경축하며 여기에 올림픽 도쿄대회 개최를 선언합니다."

1960년 2월 23일, 세쓰코가 해산하려고 할 때 라디오에서 흘러나온 아나운서의 쾌활한 목소리—.

"황태자비 전하께서 오늘 오후 4시 15분, 궁내청 병원에서 출산하셨습니다. 친왕께서 태어나셨습니다. 모자 모두 건강하십니다."

불현듯 눈물이 치밀어 올랐다. 눈물을 참으려고 얼굴의 온 근육에 힘을 주었지만 들숨과 날숨으로 어깨가 흔들렸고 나는 양손으로 얼굴을 감쌌다.

—등 뒤에서 다리를 끄는 소리가 들려 뒤돌아보니 노숙

자가 있었다. 지나치게 긴 코트를 입고 신발 뒤꿈치를 찌그려 신고 있었다. 도쿄문화회관 뒤편에도 파란 비닐 천막으로 덮은 짐을 싣고 손잡이에 우산을 걸어놓은 짐수레를 양손으로 미는 노숙자가 있었다.

경찰들이 경찰차와 요원 수송차를 타고 공원에서 나가는 게 보였다.

'강제 퇴거'가 끝났다.

비 냄새가 난다. 비는 내리고 있을 때보다 그친 직후가 더 진한 냄새를 풍긴다. 도쿄는 구석구석까지 아스팔트로 덮여 있지만 공원 안에는 나무와 흙과 풀과 낙엽이 있어서 비가 오면 그 냄새들도 더 짙어진다.

30대 때, 잔업을 하면 25퍼센트를 더 얹어주었기 때문에 매일같이 잔업을 했다. 비가 갠 후 역을 향해 걷고 있으면 퇴근하는 회사원들의 인파에 섞여, 이들은 가족이 기다리는 집에 돌아가는구나, 하고 네온 불빛이 반사된 젖은 아스팔트를 진흙투성이 신발로 밟으면서 비 냄새를 맡았다ㅡ.

서쪽 하늘은 구름 사이에서 햇빛이 비치고 있었지만 동쪽 하늘에는 언제 다시 쏟아져도 이상하지 않을 비구름이 드리우고 있었다.

물 흐르는 소리가 들린 것 같아 문화회관 쪽을 보았지만 물받이에서 물이 떨어지는 건지 공조기 안에서 물이 돌고 있는지는 알 수 없었다.

하늘을 올려다보고 비 냄새를 맡고 물소리를 듣는 동안 지금 내가 하려는 일을 분명하게 깨달았다. 깨닫다, 라는 말이 떠오른 것은 생전 처음이었다. 무언가에 잡혀서 그러려는 것도 무언가로부터 도망쳐서 그러려는 것도 아니고 나스스로가 돛이 되어 바람이 부는 대로 나아가는 듯한―. 추위와 두통은 이제 아무렇지 않았다.

노란 은행나무 잎이 물에 푼 물감처럼 눈에 흘러들어 왔다. 지금 휠휠 떨어지는 잎도, 비에 젖어 사람들에게 밟힌 잎도, 아직 나뭇가지에 달려 있는 잎도, 한 잎 한 잎이 아까울 만큼 노랗게 빛나고―.

노숙자가 된 뒤로는 떨어진 은행 열매에만 눈이 갔다. 비닐장갑을 끼고 하나하나 주워 봉지에 가득 차면 수돗가에 가서 냄새나는 껍질을 씻어내고 신문지 위에 펼쳐 말린 다음 아메요코시장에서 1킬로그램당 7백 엔에 팔았다―.

쏴아 하고 초겨울의 찬바람이 불어 눈앞 가득 노란 잎이 흩날렸다. 돌고 도는 계절과는 이제 아무 연관이 없다―, 그럼에도 빛의 사자 같기만 한 노란빛에서 눈을 떼기가 아쉬웠다.

삐용, 삐용·삐용 하고 시각장애자용 유도음이 들리고 야마시타거리 저편을 보니 신호가 파란색으로 바뀌어 있었다.

횡단보도를 건넌다.

주머니에서 동전을 꺼내 표를 산다.

JR 우에노역 공원 출구 개찰구로 들어간다.

안내판에 쓰인 '도호쿠 신칸센 하야테—신아오모리행'이라는 글자가 눈에 들어와 순간 저걸 타면 네 시간 반 만에 가시마역에 도착하겠다고 생각했지만, 그 흔들림은 고동 한 번으로 진정되었고 다시는 향수 때문에 가슴이 뛰거나 죄어오는 일은 없었다.

수없이 많은 길이 지나갔다.

눈앞에는 단 하나의 길만 남았다.

그것이 귀로인지는 가보아야 알 것이다.

야마노테선 내선순환 2번 승강장의 계단을 내려간다.

빠앙, 덜컹덜컹, 덜커덩덜커덩, 달카당, 달카당, 달캉……
계단 중간쯤에서 한 여자와 부딪칠 뻔했다. 빨간 코트에 소녀 같은 단발머리가 어울리는 30대 중반쯤의 여자…… 달, 캉, 달, 캉, 달…… 휴대전화 화면에 얼굴을 묻고 계단을 올라오다 직전에 튕기듯 나를 보고, 아, 죄송합니다, 하고 생기 없는 창백한 얼굴로 말했다. 순간, 노숙자다, 라는 놀라

움이 스쳐 지나간 여자의 얼굴에는 방금 희망이 꺾인 듯한 그늘이 있었다. 계단이 끝나갈 무렵에 걸음을 멈추고 뒤돌아보자 빨간 코트를 입은 뒷모습은 이제 막 계단 끝에 도착한 참이었다……. 캉, 위잉, 따르르르르…… 뿌쉬익, 끼익, 끼익, 끼, 익, 끼……익…… 덜컥…… 쉬익, 띠리리리리리, 덜컥……. 그녀가 목격하지 않아서 다행이라는 마음에 조금 안도했다. 그녀의 휴대전화에 도착한 소식은 흉보였겠지만 오늘 밤에도 잠이 들 것이고 아침에 일어나면 세수를 하고 무언가를 먹을 것이며 화장을 하고 옷을 갈아입고 나갈 것이다. 인생은 그렇게 계속된다. 달력에는 어제와 오늘과 내일 사이에 선이 그어져 있으나 인생에는 과거와 현재와 미래 사이에 구분이 없다. 누구나 혼자 다 떠안지 못할 만큼 방대한 시간을 안고, 살다가, 죽는다―.

야마노테선 내선 열차를 하나 보내고 다음 전철이 도착하기까지의 3분 동안, 자동판매기에서 탄산음료를 사서 두 모금만 마시고 쓰레기통에 버렸다.

"잠시 후 2번 승강장에 이케부쿠로·신주쿠 방면 열차가 들어옵니다. 위험하오니 노란 선 안쪽으로 물러나주십시오."

노란 선 위에 서서 눈을 감고 전철이 다가오는 소리에 온몸으로 집중했다.

빠앙, 덜컹덜컹, 덜커덩덜커덩, 달카당, 달카당, 달캉……

심장 속에서 내가 고동을 쳤고 비명으로 온몸이 휘었다.

시뻘개진 시야에 파문처럼 퍼진 것은 푸르름이었다.

논…… 물을 채우고 모내기를 막 끝낸 올해의 논…… 여름이 오면 매일 김매기를 해야재…… 피稗는 벼하고 비슷해가 벼의 양분을 다 빨아버리니 잘 지켜봐야 된다…… 푸르른 논이 뒤로 흘러가네…… 기차에 탄 긴가?…… 아, 도키와선이네…… 하라노마치역에서 가시마역으로 달려가는고마…… 니다강이 보이네…… 강물 가까이 가볼까…… 꼬리지느러미를 부지런히 파닥이며 물 흐르는 속도에 맞춰서 마치 멈춰 있는 것처럼 보이는 은색 물고기들…… 봄이 돼가바다에서 강으로 돌아온 어린 은어 떼다…… 강변 들판에쏟아지는 눈부신 빛…….

매 순간이 빛나고 그림자를 띠고 있다. 눈에 비치는 모든 것들이 너무나도 훤하고 뚜렷해서 내가 풍경을 보는 게 아니라 풍경이 나를 보는 것 같았다. 나팔수선, 민들레, 머위꽃줄기, 꽃부추 하나하나가 나를 보고 있다—.

걸음을 뗀 몸이 바람에 밀려 바닷가를 걷고 있음을 금세 알 수 있었다. 쏴아 쏴아 하는 단조로운 파도 소리와 함께 바다 내음이 코 안 가득 퍼졌다. 바람이나 비, 꽃 내음과는 달리 바다 내음은 거미줄처럼 피부에 달라붙은 채 떨어지지 않는다.

어릴 때부터 익숙한 미기타하마해변을 걷고 있는데 들어가서는 안 될 곳에 들어간 것 같아 밀짚모자 차양 너머로 하늘을 올려다보았다.

태양이 있다.

뒤돌아보았다.

젖은 모래 위에 발자국이 있다.

눈을 가늘게 뜨고 바다를 보았다.

하늘과 바다가 맞닿은 곳은 강철처럼 매끄럽지만 바다와 모래가 맞닿은 곳은 파도가 하얗게 부서져 작은 거품이 일면서 방금 삼킨 조개껍데기와 해조, 모래를 바삐 내뱉고 있다.

가끔 바다에서 바람이 불어와 솔숲의 가지들을 쏴아아 하고 흔들었고, 새로 싹튼 솔잎의 냄새를 곁들여 미지근한 숨처럼 볼을 스치고 간다.

바람의 뒷모습을 눈으로 좇고, 보고, 그곳이 나고 자란 기타미기타부락임을 알았다.

우리 집은 바닷가에서 보이지 않을 텐데 지붕이 뚜렷이

보였다.

하늘은 끝없이 파랗게 뻗어 있었고 지평선을 따라 고른 회색 층 같은 커다란 구름이 보였다.

바닷새 떼가 날카롭게 울고 솔숲에서 일제히 날아올라 저 멀리 바람을 타고 미끄러지듯 날아다니는 것이 보였다.

부와앙 하고 점보제트기가 이륙하는 듯한 소리로 땅이 울려 온갖 소리가 다 사라진 바로 다음 순간, 땅이 흔들렸다.

전신주가 험한 바다를 항해하는 배의 돛대처럼 흔들리는 것을 보았다.

토마토를 재배하는 비닐하우스에서 뛰어나온 사람들이 두 손을 감자밭 땅에 집고 엎드렸다가, 비명을 지르며 서로 껴안고 경트럭에 매달리는 것을 보았다.

흔들린 삼나무들에서 꽃가루가 날려 주변 공기를 노랗게 물들이는 것을 보았다.

블록 담장이 무너지고 지붕 기와가 떨어지고 맨홀이 뜨고 도로에 금이 가고 물이 터져 나오는 것을 보았다.

재해 방지 무선 사이렌이 요란스럽게 반복되었다.

"쓰나미 경보가 발령되었습니다. 도달 예정 시각은 3시 35분입니다. 최대 7미터 높이의 쓰나미가 예상됩니다. 높은 곳으로 대피하십시오."

경찰차와 소방차가 사이렌을 울리며 바다 쪽으로 재빨리 달려갔고 차량용 마이크로 경고를 되풀이했다. "쓰나미가 옵니다! 대피하세요!"

방파제 위에서 지평선 같은 일직선의 흰 파도가 육지로 몰려오는 것을 본 사람들이 튕겨 나가듯이 소리 지르면서 달리기 시작했다. "쓰나미다!" "도망쳐라!"

쓰나미는 솔숲 위에서 부서지고 흙먼지를 일으키며 배를 휩쓸고 나무를 꺾고 밭을 쓸고 집을 부수고 마당을 허물고 자동차를 삼키고 묘비를 쓰러뜨리고 집 지붕, 벽의 나무토막, 유리창, 배 중유, 자동차 기름, 테트라포드, 자동판매기, 이불, 다다미, 변기, 난로, 책상, 의자, 말, 소, 닭, 개, 고양이, 사람, 사람, 남자, 여자, 노인, 아이—.

6번 국도를 달려오는 차가 있었다. 운전하는 건 손녀딸 마리였고 조수석에는 허리가 긴 고타로가 앉아 있었다.

집 앞에 오자 차에서 내려 마당 개집에 묶어둔 시바견의 쇠사슬을 손에 들었다. 또 다른 유기견을 데려와서 키우는 것이 틀림없다. 개를 안고 차에 타서 탕 하고 문을 닫았다. 시동을 건 순간 백미러에 검은 파도가 비쳤다.

마리는 핸들을 잡고 액셀을 밟아 후진으로 6번 국도로 향했지만 검은 파도가 쫓아와 차를 집어삼켰다.

빠져나가는 파도에 휩쓸려 손녀딸과 개 두 마리를 태운 차가 바닷속에 잠겼다.

바닷물의 숨결이 가라앉았을 때 차는 바닷빛에 둘러싸여 있었다. 앞 유리 너머로 마리가 다니던 동물병원의 분홍색 유니폼이 보였다. 코와 입에 물이 들어가고 파도에 떠다니는 머리카락은 빛의 각도에 따라 갈색이나 검은색으로 보였다. 부릅뜬 두 눈은 빛을 잃었지만 반짝반짝 빛나는 검은 균열 같았다. 딸 요코를 쏙 빼닮은, 아내 세쓰코로부터 물려받은 길쭉한 눈매였다. 허리가 긴 고타로와 시바견도 마리와 함께 차 안에서 숨을 거두었다.

껴안을 수도, 머리와 볼을 쓰다듬을 수도, 이름을 부를 수도, 소리 높여 울 수도, 눈물을 흘릴 수도 없었다.

개 목줄을 꽉 쥔 마리의 오른손, 그 하얗게 불어나기 시작한 지문의 소용돌이를 가만히 쳐다보고 있었다.

조금씩 조금씩 빛이 엷어지면서 혼수상태에 빠진 것처럼 바다가 가라앉았다.

손녀딸의 자동차가 어둠에 녹아 시야에서 사라지자 물의 무게를 등에 업은 어둠 속에서 그 소리가 들려왔다.

빠앙, 덜컹덜컹, 덜커덩덜커덩, 달카당, 달카당, 달캉…….

색색의 옷을 입은 사람, 사람, 남자, 여자의 모습이 어둠 속에서 스며 나오고 승강장이 어른거리며 떠올랐다.

　"잠시 후 2번 승강장에 이케부쿠로·신주쿠 방면 열차가
들어옵니다. 위험하오니 노란 선 안쪽으로 물러나주십시오."

작가의 말

　제가 이 소설을 처음 구상한 것은 12년 전이었습니다.

　2006년에 노숙자분들 사이에서 '강제 퇴거'라 불리는 행
행계 직전에 벌어지는 '특별 청소'를 취재했습니다.

　'강제 퇴거' 일시를 공지하는 방법은 노숙자분들이 사는
천막집에 직접 알림 종이를 붙이는 방법뿐이었으며 이르면
1주일 전, 어떨 때는 겨우 이틀 전에 알려주는 일도 있다고
들었습니다. 그래서 저는 도쿄에 사는 친구에게 우에노공원
을 다니면서 알림 종이에 대한 정보가 있으면 알려달라고
부탁했습니다.

　우에노온시공원 근처 비즈니스호텔에 묵으면서 노숙자

분들이 천막집을 치우기 시작하는 오전 일곱 시부터 공원에 돌아오는 다섯 시까지 그들의 발자취를 쫓았습니다.

겨울비가 세차게 쏟아지는 날이었는데 상상했던 것보다 훨씬 힘든 하루였습니다.

'강제 퇴거'에 관해 세 번 취재했습니다.

그분들의 이야기를 들으면서 집단 취직이나 돈을 벌러 도호쿠에서 상경한 사람들이 많다는 것을 알았습니다. 이야기에 맞장구도 치면서 간간이 질문도 드리고 있었는데, 그중에 한 70대 남자분이 그와 나 사이에 있는 공간에 양손으로 세모와 직선을 그리면서 말했습니다.

"당신에겐 있고 우리에겐 없어. 있는 사람이 없는 사람의 마음을 이해할 순 없지."

그가 그린 건 지붕과 벽, 바로 집이었습니다.

이후 8년의 세월이 흐르는 사이 나는 이 작품을 마음 한편에 두면서 소설 다섯 권과 논픽션 두 권, 대담집 두 권을 출판했습니다.

2011년 3월 11일, 동일본대지진이 일어났습니다.

3월 12일에 도쿄전력 후쿠시마 제1원자력발전소 1호기에서, 14일에 3호기에서 수소 폭발이 일어났고, 15일에는 4호기에서 폭발이 일어났습니다.

원전에서 반경 20킬로미터 이내 지역이 4월 22일부터 '경계 구역'으로 지정되었는데, 저는 봉쇄되기 전의 마을을 눈에 담으려고 그 전날에 그곳을 찾은 이후로 계속 원전 주변 지역을 드나들게 되었습니다.

2012년 3월 16일부터는 후쿠시마현 미나미소마시청 안에 있는 임시 재해 방송국 '미나미소마 히바리 에프엠'에서 매주 금요일에 〈두 사람과 한 사람〉이라는 30분짜리 프로그램의 사회를 맡고 있습니다.

프로그램 내용은 미나미소마에 살고 있거나 미나미소마 출신이거나 미나미소마와 인연이 있는 '두 사람'과 이야기를 나누는 것입니다.

2014년 2월 7일 현재까지, 제94회까지 방송되었으니 2백 명이 넘는(초대 손님이 3명 이상일 때도 있어서) 분들과 이야기한 셈입니다.

방송과는 별도로 미나미소마 시내(주로 가시마구)에 있는 임시주택 집회소를 찾아가 어르신들의 이야기를 들을 때도 있습니다.

이곳에 원전을 유치하기 전에는 가장인 아버지와 아들들이 타향으로 돈 벌러 가야만 생계를 유지할 수 있는 가난한 집이 많았다는 말을 자주 들었습니다.

쓰나미로 집이 쓸려 나갔거나 집이 '경계 구역' 안에 있어서 어쩔 수 없이 이재민 생활을 이어가고 있는 분들의 고통과, 돈을 벌기 위해 타향에서 살다가 어느새 돌아갈 집을 잃고 만 노숙자 분들의 고통이 제 안에서 맞물려, 두 아픔을 이어주는 경첩 같은 소설을 쓰고 싶다는 생각이 들었습니다.

그리고 미나미소마와 가마쿠라에 있는 자택을 오가다가 우에노공원 근처 호텔에 묵게 되었습니다.

우에노공원은 제가 처음으로 '강제 퇴거' 취재를 한 2006년에 비하면 몰라보게 깨끗해졌고 노숙자분들은 제한된 구역으로 내몰리고 있었습니다.

작년 2013년에 도쿄올림픽·패럴림픽 개최가 확정되었습니다.

얼마 전에는 도쿄올림픽의 경제 효과가 20조 엔에 달하고, 120만 명의 고용을 창출할 것이라는 발표가 있었습니다. 숙박·체육 시설 건설, 도로 등의 기반 정비를 앞당기고 고화질 텔레비전 등 고성능 전기기기나 스포츠용품 구입으로 국민의 저축이 소비로 전환되어 경기가 상향할 것이라는 예상도 나옵니다.

한편, 올림픽 특수가 수도권에 집중됨으로써 원자재 급등과 인력 부족으로 도호쿠 연안부의 복구가 더욱 지연될지도 모른다는 우려도 보도되고 있습니다.

올림픽 관련 토목공사에는 지진 재해와 원전 사고로 집과 일을 잃은 아버지와 아들들도 종사할 거라 생각합니다.

수많은 사람들이 희망이 담긴 눈으로 6년 뒤에 열릴 도쿄 올림픽을 바라보고 있기에, 그래서 더욱 저는 그런 시선 뒤로 아웃포커싱되는 것들을 보게 됩니다. '감동'과 '열광' 너머에 있는 것들을—.

끝으로 이 책을 출판하면서—,

1964년에 개최된 도쿄올림픽 체육 시설 건설공사에서 일하던 상경 노동자에 대해 자세한 이야기를 들려주신, 미나미소마시 가시마구의 쓰노가와라 임시주택에 사시는 시마 사다미 씨에게 감사드립니다.

원전을 유치하기 전의 소마·후타바 지구에 대해 알려주신, 초등학교 선생님이셨던 간노 세이지 씨에게도 감사드립니다.

소마·후타바 지구의 정토진종 이민 역사에 대해 알려주신, 미나미소마시 가시마구 쇼엔지의 유자와 기슈 주지 스님, 하라마치구 조후쿠지의 히로하시 게이시 주지 스님에게도 감사 말씀을 올립니다.

꼼꼼한 방언 지도와 시대 고증을 도와주신, 가시마구에 사는 사토 가즈야 씨에게도 감사를 전합니다.

그리고 이 소설의 완성을 끝까지 기다려주신 《문예》의 다카기 레이코 편집장님, 저와 주인공과 함께 이야기 속 시간을 걸어주신 오가타 류타로 담당 편집자님, 정말 감사드립니다.

2014년 2월 7일
유미리

후쿠시마현 미나미소마시 하라마치구, 원전에서 25킬로미터 떨어진 곳에 하라마치 베쓰인이라는 절이 있다.《도쿄 우에노 스테이션》주인공 집에서 믿는 정토진종의 사원이다.

82세 스님이 절을 지키고 있다.

절의 본당에는 묘소가 없는 십여 개의 납골 단지가 안치되어 있다.

연고가 없는 쓰나미 희생자와 원전 사고 이재민의 유골도 있으나, 상단에 안치된 세 개는 오염 물질 제거 작업자의 것이다.

후쿠시마현 원전 주변 지역에는 늘 방사능 오염 물질 제거와 폐로를 위해 다른 지역에서 돈을 벌러 온 작업자들 만여 명이 장기적으로 머물고 있다.

2020년에 개최될 '도쿄올림픽'의 체육시설과 숙박시설을 짓고 도로 등의 기반을 정비하기 위해, 간토와 도호쿠 지방의 젊고 건장한 노동자들이 보수가 좋은 도쿄로 흘러들었다.

후쿠시마현은 보수가 적은 일용직 노동자들을 오사카 니시나리구에서 모집한다.

니시나리구 일각에는 일용직 노동자와 노숙자, 조직폭력배, 창녀 들이 모인 빈민촌이 있는데, 그곳에서는 한 해에 3백 명 이상이 길에서 죽는다. 니시나리구의 공원과 길가에는 노동자의 신원 보증과 인력 알선을 하는 직업 소개 업자들이 서 있다. 표면적으로는 '고용 촉진과 빈곤자 구제'를 내세우지만 실상은 '착취와 인신매매'인 경우가 많다. 일당과 숙소와 식사가 제공된다는 대략적인 고용 조건만 제시되는데, 그곳을 통해 모집된 사람들은 어디서 어떤 일을 하는지도 모른 채 버스를 타고 후쿠시마현 원전 주변 지역으로 오기도 한다.

그들 중에는 알코올 의존증, 당뇨병, 간경변증 등 심각한 병을 앓고 있는 고령 남성들도 포함되어 있다.

그들은 가진 돈도 없고 국민건강보험에도 가입되어 있지

않다. 그래서 작업현장에서 쓰러져 응급환자로 이송되는 상황이라도 발생하면 병원과 행정기관이 대응하는 데 어려움을 겪는다.

아무런 연고도 없는 후쿠시마에서, 그들은 병들고 숨을 거두고 화장되어 재가 된다.

하라마치 베쓰인에서 보관하고 있는 세 유골의 주인들은 한여름 오염 제거 작업을 하다가 말벌에 쏘여 죽은 남성, 간경변증 악화로 죽은 남성, 뇌경색으로 급사한 남성이다.

사망 후, 복지사무소나 경찰에서는 그들이 고용처에 사전 제출한 주소를 보고 가족을 찾아 사망을 알린다. 그러면 가족들이 유골 인수를 거부하는 경우도 있다.

물론 유골이 가족 품으로 돌아간 경우도 있다.

작업자 숙소에서 자살한 히로시마현 출신의 41세 남성의 경우가 있다.

남자의 70대 어머니와 연락이 닿았다. 바로 히로시마에서 미나미소마로 온다고 한 어머니가 약속한 당일에 나타나지 않아 스님과 복지사무소 직원, 미나미소마 시청 직원 이렇게 셋이서 장례를 치렀다.

그의 어머니는 화장한 지 며칠이 지난 후에 절을 찾아와 사정을 설명했다.

"돈이 없어서 비행기나 신칸센을 탈 수 없었습니다. 히로시마에서 장거리 버스를 네 번 갈아타야 했는데 돈 계산을 잘못했어요. 천 엔이 모자라 마지막 버스를 놓치는 바람에 장례식에 오지 못했습니다. 어제 경찰에게 아들의 저금통장을 받고 그 돈으로 여기까지 올 수 있었습니다."

어머니는 아들의 유골을 안고 울었다고 한다.

미나미소마 복지사무소 창구에는 고령의 남성 노숙자들이 몰려와 생활의 어려움을 호소한다.

"오사카 니시나리에서 실려와 오염 제거 작업을 하고 있었는데 몸이 망가져서 계약 연장이 되지 않았습니다. 숙소에서 빈 몸뚱이로 쫓겨났습니다. 오사카에 돌아갈 돈도 없고 묵을 곳도 없습니다. 배가 고파서 죽을 것 같습니다. 지금은 마트에서 먹을 것을 훔쳐서 연명하고, 밤엔 공원 화장실에서 잡니다. 더는 도둑질하기 싫습니다. 후쿠시마는 겨울 기온이 영하로 떨어지는데 노숙은 이제 힘듭니다. 숙소만이라도 제공해주면 일을 구하고, 일해서 번 돈으로 오사카로 돌아갈 수 있습니다. 도움이 절실합니다."

그러나 후쿠시마 원전 주변 지역은 애초에 대대로 자리 잡고 사는 주민밖에 없는 시골이어서 노숙자가 묵을 만한 숙박시설 자체가 존재하지 않는다.

복지사무소 직원이 매일 아침 본인의 집에서 만든 주먹밥을 가지고 출근하여 노숙자가 찾아올 때마다 하나씩 나눠주고 있는데, 자비로 하는 데에는 한계가 있다고 한다.

2019년 10월 12일에서 13일에 걸쳐 대형 태풍 19호 하기비스가 일본 각지에 큰 피해를 입혔다. 사망자 79명과 실종자 11명이 발생하고, 71개 하천 130곳에서 제방이 붕괴되었다.

텔레비전과 라디오에서는 태풍 긴급방송을 편성해, 아나운서들이 시청자들에게 하천이 범람할 위험이 높아졌다며 "생명을 지키는 행동을 취해 달라"고, 즉각 대피하라고 촉구했다.

그런 와중에 도쿄도 다이토구에 마련된 대피소에서는, 우에노역 주변에 노숙하는 64세 남성이 입소를 거부당했다.

4년 전에 뇌경색을 앓게 되면서 일용직 노동을 그만둔 이후 노숙자가 된 사람이었다.

그를 거절한 대피소는 우에노온시공원 내 시노바즈연못 근처에 있는 초등학교였다.

12일 오전에 초등학교를 찾은 그는 접수 직원에게 "여기는 다이토구 구민을 위한 시설인데 당신은 어디 주민으로 등록되어 있습니까?"라는 질문을 받는다. 그가 "홋카이도로 등록되어 있다"고 대답하자 "다이토구 방재계획상으로는 다이토 구민만이 이곳 대피소를 이용할 수 있다"며 그를 쫓아냈다.

도쿄 도내 몇몇 구에서는 노숙자를 수용하겠다고 밝히며 트위터 등에서 대피를 촉구했다. 하지만 휴대전화가 없는 노숙자도 있다. 그들은 라디오나 공원 쓰레기통에서 주운 신문이나 잡지에서 정보를 얻을 수밖에 없는데, 모든 노숙자에게 라디오가 있는 것도 아니어서 태풍과 지진 같은 재해가 생겼을 때 정보를 얻을 수단이 없다.

대피소로 마련된 학교 체육관을 찾아갈 수밖에 없는 그들이 첫 번째 대피소에서 거절을 당하고 나면 다음 대피소를 찾아갈 마음은 꺾이고 말 것이다.

우에노의 초등학교 대피소에서 거절을 당한 노숙자는 최대순간풍속 40미터 이상 되는 폭풍우 속에서 비닐 우산 하나에 의지해 밤을 새워야 했다.

같은 날, 도쿄도는 외국인 관광객들을 대상으로 JR 우에노역 공원 출구 앞에 있는 도쿄문화회관을 대피소로 개방하고 있었다.

노숙자는 다이토구 주민등록이 없다는 이유로 대피소에 수용하기를 거부했으면서, 일본에 주민등록이 없는 외국인 관광객에게는 대피소를 마련했던 것이다.

2020년에 올림픽을 개최할 예정인 도쿄도는 공원과 번화 가처럼 눈에 띄기 쉬운 곳에서 생활하는 노숙자를 온갖 수 단으로 배제하려 하고 있다. 도쿄 중심부에서 쫓겨난 노숙 자는 도쿄 변두리에 있는 다마강이나 아라강 강변으로 거처 를 옮길 수밖에 없다.

태풍이 지나간 10월 14일, 다마강 강변에서 노숙자로 보 이는 고령 남성의 시체가 나무에 걸려 있는 것이 발견되었 다. 바지는 입고 있었으나 상반신은 알몸이었으며 신원을 알 수 있는 소지품은 없었다. 불어난 강물에 빠져 사망한 것 으로 보인다.

—노숙자 중에 희생자는 정말 그 한 명뿐이었을까?

태풍 이전 다마강 강변과 다리 밑에는 2백 명이 넘는 노 숙자가 골판지와 파란 비닐 천막으로 만든 천막집에서 생활 했다고 한다.

그들은 한 사람 한 사람, 각자의 사정으로 일과 가족을 잃 고 가족과도 오랜 세월 동안 연락두절 상태다. 그들이 강물 에 떠밀려 사라졌다 해도 수색 신고를 할 가족은 없고, 신고가 접수되지 않으면 경찰도 소방대도 수색에 나서지 않는다. 태풍이 지나가고 여러 주가 지난 뒤, 미디어에서 태풍 보도가 사라질 때쯤 강변 어딘가에서 신원을 모르는 시체가 발견될지도 모르는 일이다—.

노숙자를 지원하는 단체는 도쿄도와 다이토구에 대해 "행정은 생명을 선별하고 인권을 무시한 차별적인 판단을 했다"고 비판했으나 거기에 대한 비판이 TV방송과 트위터 등에서 잇따랐다.

"노숙자는 세금을 내지 않으니 대피소에서 쫓겨나는 게 당연하다" "자신과 가족이 대피한 곳에 노숙자가 오는 건 싫다" "우리에게 무슨 짓을 할지 모른다. 무섭다" "노숙자는 더럽다. 가까이 다가오면 냄새를 참을 수 없다" "대피소에 해충과 전염병이 퍼지면 곤란하다" 등이 주된 내용이었다. 거기에 더해 TV방송에서 한 출연자가 다음과 같은 발언을 해서 물의를 일으켰다.

"노숙자가 대피소에 오면 대피소 수준이 낮아져요. 그런데 거꾸로 노숙자의 삶은 업그레이드되는 거잖아요. 그건 타당하지 않은 것 같아요. 지금까지 지붕 없이 길바닥에서 살던 자들이 재해가 일어나면 지붕 밑에서 살 수 있다는 게 말이 됩니까?"

재해 시에 배제되는 것은 노숙자뿐이 아니다.

2011년 3월 11일에 일어난 동일본대지진과 후쿠시마 원전 사고 직후의 이야기이다.

후쿠시마현 미나미소마시 복지작업소 직원이 입소자인 지적장애인·정신장애인·신체장애인들을 버스에 태우고 다른 현으로 피난을 갔다.

그러나 대피소로 마련된 학교 체육관 접수대에서 "다른 사람들이 거북해하거나 무서워할 수 있으니 들일 수 없습니다"라고 해 입소를 거부당했다.

복지작업소 직원이 "물과 먹을 것이 없으면 살 수가 없어요. 줄은 정상인인 직원이 설 테니 장애인 인원수만큼 생수와 식량을 배급해주실 수 없을까요?" 하고 매달렸지만 "1인당 1인분밖에 못 줍니다"라며 거절당했다.

그들은 다시 반나절 동안 버스를 몰아 쓰나미로 연안부가 괴멸되고, 원전 사고로 옥내 대피 지시가 내려져서 물자 공급이 끊긴, 후쿠시마현 미나미소마시에 있는 복지작업소로 되돌아갈 수밖에 없었다.

후쿠시마에서 대피한 사람들은 다른 현의 대피소에서 입소를 거절당하거나 고열이 있어도 병원 치료를 받지 못하는 경우가 있다. 병원 화장실조차 쓰지 못했다는 사례도 있다.

방사능으로 몸이 오염되었다는 소문 때문이다.

후쿠시마에는 당시 인간 취급을 받지 못했던 기억을 평생 잊지 못할 거라는 사람들이 많다.

"큰 재해가 생겨도 일본인은 폭동을 일으키지 않고 줄을 잘 선다. 협력하고 서로 양보하고 예의를 지킨다." 그런 미담 뒤에 가려져서 표면에 드러나지 않았을 뿐, 2011년 동일본대지진과 원전 사고 당시 대피자에 대한 차별과 배제는 분명히 존재했다.

재해 시에 어떤 사람들이 어떤 식으로 배제되었는지를 검증하고 다음 재해에 대비하는 규칙을 세우지 않는다면, '불편한 피해자들'은 앞으로도 계속 배제당할 것이다.

하지만 검증이 되지 않는다. 거기엔 이유가 있다. 일본사회에서는 차별과 배제를 행한 측에 많은 공감과 동정이 쏟아지기 때문이다. 재해가 일어난 직후에는 너나 할 것 없이 모두가 혼란 속에 있었지 않은가, 정보도 불확실한 상황에 어쩔 수 없는 판단이었다, 특정 지역이나 행정기관, 담당자를 탓할 순 없다—.

하지만 〈방재 대책 기본법〉에는 "국가에는 국토 및 국민의 생명, 신체 및 재산을 재해로부터 보호하는 사명이 있고, 모든 조직 및 기능을 다하여 방재에 관해 만전의 조치를 강

구할 책무가 있다"고 명기되어 있다. 또한 "시정촌市町村의 장은 재해가 발생한 경우 적절한 피난소를 확보하여 거주자, 체재자 및 그 외 사람들을 피난에 필요한 기간 동안 체재하도록 해야 한다"고 정해놓았다.

국가 및 시정촌이 거주자와 체재자 및 '그 외 사람들'을 재해에서 보호하는 것은 선의나 후의에 의한 베풂이 아니라 책무인 것이다.

일본 국민의 대부분이 국가와 시정촌의 책무 포기를 지지하는 이유는, 자신은 결코 배제와 차별을 당하는 입장이 되는 일은 없을 거라는 과신이 있기 때문이다.

본래라면 생활 빈곤자로서 생활보호 등 공적 지원을 받았어야 할 노숙자들이 언제까지나 길 위에 방치되어 있는 것은, 많은 일본 국민들이 그들의 아픔과 슬픔에 무관심하기 때문이다.

많은 일본 국민들이 지금의 생활수준을 유지할 수 있는 것은, 지금은 고령의 노숙자가 되어 길을 떠돌고 있는, 과거에 도호쿠나 홋카이도의 가난한 농촌에서 올라온 청년들의 값싼 노동력을 통해 일본이라는 나라가 경제 성장을 달성했기 때문이라는 소리를 해보았자 관심을 가지는 사람은 극히 드물 것이다.

그렇기에 나는, 소설가가 할 일은 그런 이야기가 있다는 것을 아는 데 필요한 눈과 귀를 독자에게 주는 것이라고 생각한다.

끝으로 내 이야기를 하겠다.

2011년 4월 21일, 나는 당시 가나가와현 가마쿠라시(도쿄에서 전철로 1시간 거리에 있는 바닷가 관광지)에 살고 있었다. 원전 반경 20킬로미터 이내 지역이 '경계 구역'으로 지정되어 봉쇄된다는 발표를 TV에서 본 나는 곧바로 현지로 떠났다. 후쿠시마와 나의 인연이 시작된 것은, 그날부터였다.

2012년 2월 초부터 2018년 3월 말까지 6년 동안, 미나미소마 시청 안에 있는 라디오 방송국에서 〈두 사람과 한 사람〉이라는 프로그램을 매주 금요일에 자원봉사로 담당하며 주민 6백 명의 이야기를 녹음했다.

2015년 4월에는 원전에서 25킬로미터 지점인 미나미소마시 하라마치구로 이사했고, 2017년 7월에는 원전에서 16킬로미터 지점에 있는 구 '경계구역' 미나미소마시 오다카구로 이사해 서점을 열었다.

2011년 3월 11일에 일어난 지진, 쓰나미, 원전 사고, 그

후에 이어지는 대피생활 속에서 목소리를 삼키고 슬픔과 분노의 감정마저 억누르고 침묵하고 있는 사람들이 많다. 나는 연극을 통해 침묵 속에서 감정을 구해내고 목소리를 풀어주고 싶다고 생각했다.

2018년 9월 중순부터 10월 중순까지 자택 뒤 창고에서 〈정물화静物画〉〈동네의 유물町の形見〉이라는 이름의, 대지진과 원전 사고를 주제로 한 연극을 만들어 상연했다. 〈정물화〉에서는 현지에 사는 16세부터 18세의 고등학생 12명을, 〈동네의 유물〉에서는 현지 주민 70대 남녀 8명을 배우로 기용했다.

회복이 불가능한 만큼 상처를 입은 원전 주변 지역에 살면서 소설을 쓰고 서점을 운영하고 연극을 올리는 이유가 있다. 원전 사고로 집과 고향을 잃고 어쩔 수 없이 표류하고 있는 사람들의 아픔과, 한국전쟁으로 집과 고향을 잃고 표류 끝에 태어난 내 존재 자체의 숙명적인 아픔이 공명했기 때문이다.

나는 일본에서 나고 자랐고 일본어로 읽고 쓰고 말하지만 대한민국 국적을 갖고 있다.

일본에는 일본에서 나고 자란, 대한민국 혹은 조선민주주의인민공화국의 국적을 보유하고 있는 '재일 한국·조선인'

이 48만 명 존재한다.

　내 어머니는 다섯 살 때 일본에 왔다. 한국전쟁으로 인해 어머니가 나고 자란 마을은 주민끼리 서로 밀고하고 서로 죽고 죽이는 전쟁터로 변했다. 할아버지는 공산주의자 혐의를 받고 투옥된 후 처형되기 직전에 탈옥해 홀로 일본으로 피신했다. 할머니는 어머니를 포함한 4명의 아이들을 데리고 작은 어선을 타고 난민으로서 일본에 밀입국했다.

　일본과 대한민국의 관계가 좋을 때 '재일 한국인'은 양국의 가교라고 불리지만, 현재 양국의 관계는 최악이다. 일본에서는 한국과 한국인에 대한 혐오 표현을 전례가 없을 정도로 서슴없이 하게 되었고 그 풍조에 조금이라도 이의를 제기하려면 "싫으면 너희 나라로 돌아가라" "일본에서 나가라"는 말을 가차 없이 퍼붓는다.

　나는 내가 차별당하고 배제당하는 측이어서 다행이었다고 생각한다.

　온 세계에 존재하는, 차별당하고 배제당하는 사람들과 연대할 수 있기 때문이다.

　《도쿄 우에노 스테이션》의 주인공은 후쿠시마 출신의 타향살이 노동자이다. 그는 1964년에 개최된 도쿄올림픽의 체육시설을 짓기 위해 후쿠시마에 가족을 남기고 홀로 도쿄

로 떠난다. 그리고 불행과 불운이 겹쳐 노숙자가 되어 우에
노온시공원에서 생활한다.

나는 2020년 도쿄올림픽 개최 기간에 《도쿄 우에노 스테
이션》과 쌍을 이루는 소설을 쓸 생각이다.

후쿠시마에서 오염 제거 작업원으로 일하다가 소모품처
럼 버려지고 자살한 노숙자의 이야기이다.

나는 그의 인생과 죽음을 길 위에 방치하지 않을 것이다.

나는 그의 존재를 죽음과 망각으로부터 건져 올릴 것이
다.

그리고 그가 이 세상에 태어났을 때의 무게를 양팔에 느
끼면서 이야기를 써 나갈 생각이다.

2019년 10월 20일
유미리

공손수公孫樹. '손자 대에 열매를 맺는 나무'라는 뜻으로, 은행나무의 다른 이름이다.

주인공 화자는 작품 말미에 전철 선로로 뛰어든다. 그리고 이야기는 서두로 돌아가 죽은 화자의 말로 진행된다. 화자는 아들과 아내, 부모님의 죽음을 겪고 결국 자살에 이르는데, 놀랍게도 그 순간 자신이 살아 있지 않은 미래, 2011년 동일본대지진의 광경을 본다. 화자의 시점은 마치 윤회를 하듯 말미의 2006년 11월부터 소설의 시작 부분, 2012년 우에노온시공원으로 돌아가기를 반복한다(그때가 2012

년이라는 것은 41쪽 동일본대지진을 둘러싼 기술에서 확인
할 수 있다).

이 작품의 가장 큰 줄기는 천황제와 노숙자라고 할 수 있
을 것이다. 화자는 세계대전 후 고향에서, 특별열차에서 내
린 천황을 눈앞에서 봤을 때의 종교적일 만큼 황홀했던 순
간을 잊지 못한다. 그는 이후 고향을 떠나 올림픽 관련 시설
건설 현장에서 막노동을 한다. 개인적인 가난 때문이었지만
결과적으로 국가의 위상을 높이는 노동력으로 소비된 것이
다. 하지만 이후 노숙자 신세가 되어 두 번째로 조우한 천황
앞에서 그의 '목소리는 텅 비어 있었'다. 그는 처음으로 '깨
달았고', 그리고 자신의 의지로 선로에 뛰어든다.

유미리의 작품에는 늘 '존재를 인정받지 못한 이들의 슬
픔'이 배어 있다.

화자에게 아이들은, 가난과 고독에 찌든 삶 속에서 유일
하게 얻은 '실재'였다. 그러나 어느 날 갑자기, 자신이 죽었
을 때 그 '위패를 들어줄 아들'을 잃고 '내 삶은 과연 무엇
이었는지' '얼마나 허무한 삶이었는지' 돌아보게 된다. 그는
'노력하는 데 지쳐버리고' 결국 자신의 삶도 놓아버리고 만
다.

이는 분명히 존재하지만 (혹은 존재했지만) 그 존재를 인정받지 못하거나, 인정받기 전에 사라져버린 사람들의 모습이다.

유미리는 작가 자신의 경험을 쓰는 '사소설' 작가로 불려왔으나 최근 작품에서는 기존의 틀을 넘어선 작품으로 다시 높은 평가를 받고 있다. 그러나 나는 이번 소설 역시 사소설로 읽었다. 대신 유미리의 사소설이 아니라, 한 사람의 이야기라는 뜻으로서 그렇다. 그 한 사람은 곧 우리이기에. 결코 내가 모르는 사람이 아니기에.

억울한 일이 엄청 많았재. 신란親鸞 성인께서 '염불을 외는 사람은 무애일도'라 하싯다. '가가 울음'이라며 괴롭힘을 당했지만 황무지를 처음부터 개간하신 조상님들을 생각하면, 고통이나 슬픔 같은 것들이 우리 앞길을 막을 수는 없으니 이 몸에 일어나는 일들을 똑바로 받아들이고 살아가면 안 되겠나.(72쪽)

그는 노력했다.
그러나 종교 안에서도, 천황제 아래에서도 구제받지 못했다.

장미를 그린 르두테라는 화가는 170년 전에 죽었다. 그림 모델이 된 장미 나무도 이제 살아 있지 않을 것이다. 언젠가 어느 곳에 어느 장미가 피어 있었다. 언젠가 어느 곳에 어느 화가가 살아 있었다. 그리고 지금, 과거의 현실에서 소외된 종이 저편에서 이 세상에 존재하지 않는 상상 속의 꽃처럼, 장미는 피어 있다.(137쪽)

장미는 화자이다. 아니, 우리 한 사람 한 사람이다. 한때 존재하고 사라져버리는. 작가는 화가이다. 그 장미가 존재했다는 것을 증명하는.

우리는 열매가 맺히는 날까지 기다릴 수 있을까.
아니면 기다리는 마음에 매달려 살아갈 뿐일까.

이 소설은 저자의 '야마노테선 시리즈' 중 다섯 번째 작품이다. 사라진 것들도 '울림으로서 남는다'고 믿는 저자가 다음은 우리에게 어떤 울림을 안겨줄지 기다려진다.

2021년 초가을
옮긴이 강방화

도쿄 우에노 스테이션

2021년 9월 28일 1판 1쇄 발행
2021년 10월 29일 1판 2쇄 발행

저   자 유미리
옮 긴 이 강방화
발 행 인 유재옥

본 부 장 조병권
담 당 편 집 이준환
편 집 1 팀 이준환 김혜연 박소연
편 집 2 팀 정영길 조찬희 박치우 조현진
편 집 3 팀 오준영 곽혜민 이해빈
디 자 인 김보라 서정원
표지디자인 곰곰사무소
라 이 츠 한주원
디 지 털 박상섭 이성호 최서윤
발 행 처 (주)소미미디어
발 행 등 록 제2015-000008호
주   소 서울시 마포구 토정로 222, 403호(신수동, 한국출판콘텐츠센터)
판   매 (주)소미미디어
제 작 처 코리아피앤피
마 케 팅 한민지 최정연
물   류 허석용 백철기
전   화 편집부 (070)4260-1393, (070)4405-6528 기획실 (02)567-3388
          판매 및 마케팅 (070)4165-6888, Fax (02)322-7665

ISBN 979-11-384-0324-5 03830